青き憂愁の詩人 トラークル

人と作品

三枝紘一
SAEGUSA Koichi

文芸社

まえがき

最近は文学者の入門書や啓蒙書の出版が少なくなっていることが、一般の人が文学に親しむきっかけを少なくしており、これが文学離れの一因をなしている。文学の研究者は、あまりこれに手を染めない。その理由の一つは、こういう類のものを書いても業績にならないからである。しかし高度な研究書は一般の人は読まない。そこに問題がある。そうなると作家や詩人に近づきがたくし、どうしても敬遠し勝ちになってしまう、というよりむしろ特に外国の作家や詩人の場合彼らが何であるかすらも分からない。みすみす魅力的な作品に触れられず、時を過ごしてしまう。そのためにも今一般には未だよく知られていない魅力ある文学者の紹介をするのも研究者の使命であると思う。トラークルに関してもこれに当たる書が未だ出版されていないこともあってこの書の刊行を思いたったわけである。

ゲオルク・トラークルは、その全集の翻訳がつとに出版されており、また数種の詩集の翻訳が刊行されているが、日本では余り未だ知られていないのが現状と言える。しかしヨーロッパにおいては、作品も多くはない、この二十七歳で夭折した詩人を当時すでに知っていて注目していた著名な文学者がいた。フランスのロマン・ロランは、ある新聞で詩人の死を悼んでいる。カフカは、一説では偽書と言われるが、ヤノーホの『カフカとの対話』において、詩人の死について語っている。またリルケも、その詩の魅力にとりつかれた一人であった。その詩に震撼されたと言っても過言ではない。そしてリルケの極北的作品、『ドゥイノの悲歌』及び『オルフォイスに捧げるソネット』にもトラークルの影響が窺われる詩句がある。詩人より二歳年下の、二十世紀最大の哲学者と言われるハイデガーは、学生時代トラークルの詩に親しんだ。そのことは一九一三年に出版されたトラークルの『詩集』を学位取得の記念として購入したことからも窺える。また彼自身トラークルの影響が感じとれないでもない詩を創作しているのも注目される。そして後年この詩人についての論述を著わしている。

現代のドイツ語圏の詩人もトラークルの詩を高く評価している。例えばフランツ・ブラウマンは「トラークルの文学のランクは、今日二十世紀のドイツ語文学において非常に高く、しかも確固としていて、ほぼ彼に匹敵する詩人はほんの数えるばかりである」、フリーデリケ・マイレッカーは「私はトラークルを読んでからは常に二十世紀のドイツ語文学は彼の作品を除いては考えられなくなった」、アンドレーアス・オコペンコは「私はトラークルはドイツ語文学の最大の詩人の一人だと思う」、ヴィーラント・シュミートは「ゲオルク・トラークルは今世紀の全ての詩人の中で比較を絶する」とそれぞれ最大級の賛辞を贈っている。そしてその評価はドイツ語圏に留まらない。その詩が一九八〇年の初頭までに二十二の言語に翻訳されていることは、これを裏書きしている。

実際トラークルの詩は、後代の多くの詩人の詩に多大な影響を及ぼした。例えばオスカー・レールケ、ヴィルヘルム・レーマン、ノーベル文学賞を受賞したネリー・ザックス、ペーター・フーフェル、ギュンター・アイヒ、ヨハンネス・ボブロフスキー、インゲボルク・バッハマン、ザーラ・キルシュ、ハインツ・ピオンテーク等枚挙にいとまがない。第二次大戦後の最も代表的な詩人の一人であるパウル・ツェラーンにも影響を与えている。彼の蔵書のトラークル詩集には詩中の色彩語にアンダーラインが付されている。彼の最も有名な詩『死のフーガ』の有名な大胆な表現「黒いミルク」もトラークルの詩の中の「黒い雪」にヒントを得た可能性が十分考えられる。一方でトラークルの詩の卓越した表現は多くのエピゴーネンを生んだことも事実である。しかし逆にこれはその表現の魅力の証左でもある。

青き憂愁の詩人　トラークル　人と作品

目次

青き憂愁の詩人　トラークル

人と作品

第一章　魅力ある詩

トラークルの詩の中で次に掲げる二つの詩は、ほとんどのドイツの詞華集に収載されているポピュラーな詩で美しく分かりやすい。

晴れやかな秋

かくしてこの年もはげしく終わる
金色の葡萄酒をもたらし　そして園の果物も
めぐりに黙《もだ》す森はみごとで
孤独なる者の連れとなる

しかして農夫は言う　これでよしと

いましたち入相の鐘はながくかすかに
なお最後《いやはて》に悦ばしい気力を与える
連なりゆく旅路の鳥が挨拶を送る

今は愛のやさしい時
小船にのり青い流れを下りゆく
なんと美しいことか　景色がこもごもに連なりゆくこと
安らぎと沈黙のなかを下りゆくこと

稔り豊かな秋の充足が感じ取れ、読む者に癒しを与える詩である。第三詩節の第三詩行が抽象的でやや把握できないところがあるが、後は平易である。それから第一詩節の「はげしく」は少し異常に響くかもしれない。オーストリアは大分北に位置するので秋は短い。それでこのような表現をとったのである。「はげしく」は、もっと事実に即して言えば「急激に」の意に近い。

彼は文学史的には表現主義の詩人に属するのであるが、この初期の詩は表現主義とは全く関係がない。むしろ古風とも言える伝統的な詩の範疇に入る。

滅び

鐘の音が平安を告げる夕暮れに
私は鳥たちのみごとな飛翔を目に追う
長く連なり、敬虔な巡礼の列に似て
秋の澄みきった彼方へと消えていく

たそがれしるき庭園をさまよいながら
私は鳥たちのより明るい運命を夢に追う
そうすると時の針がほとんど進まない思いになる
こうして私は雲の彼方に鳥の旅路を目に追う

そのとき滅びの気配が身を震わせる
黒うた鳥が葉を落とした枝で嘆きの歌をうたう
錆びた格子に絡まる赤い葡萄の葉が揺らめく

そして色蒼ざめた子供たちの死の輪舞のように
風化してゆく暗い泉の縁の周りで
風に凍えてアスターの青い花が傾く

この詩はソネット形式（第一、二詩節がそれぞれ四行、第三、第四詩節がそれぞれ三行からなる）の定型詩である。平穏な夕べの鐘の音を聴きながら、渡り鳥の行方を目で追って恍惚感に浸っていると、突然滅びの気配が身を震わせる。この転換が見事である。トラークルは秋の夕べを殊に取り上げている。これがその初期の代表作と言える。そして以後この滅びのトーンがトラークルの詩のメインなトーンになる。

このようにトラークルの初期の後半から中期にかけての詩は一般に端正で静かで、読んでいくと自然と居住まいをただされるような感じで、次第にその魅力に引き込まれてゆくのである。

冬の夕べ

雪が窓辺に降りかかり

長々と入相の鐘が鳴り響くとき
多くの者には食卓が用意されている
そして家はよく整えられている

少なからぬ者が流離いの途上にあり
暗い小径を経て市の門にたどり着く
金色に恩寵の木の花が咲く
大地の冷やかな精気に養われ

流離う者よ　静かに中へ入りなさい
苦しみを敷居が石にした
そのとき清らかな明るみに輝く
食卓の上のパンと葡萄酒

このクリスマスを想起させる簡潔な詩は、第二詩節の第三詩行から難解になるが、そのイメージは鮮明で印象的である。第一詩節では幸福な情景が示される。それは定住している多くの者に恵まれている。しかしこれとは対照的に第二詩節において少なからぬ者が流離《さすらい》にあったことが示される。そして流離っているにもかかわらず、いや、むしろ流離っていたからこそ恩寵の樹にまみえることができるのかもしれない。第三詩節に至って流離うものの一人――作者自身の影がさしている――は幸福な世界に参入できない苦しみを抱いているようだ。だからこそなお流離わねばならないのかもしれない。

眠り

呪わしい　お前たち暗い毒よ
白い眠りよ
いとも奇妙なこの庭は
黄昏れる木々が立ち
蛇や蛾
蜘蛛や蝙蝠に満ちている
異郷者よ　お前の喪われた影が
夕焼けの中に顕ち

陰鬱な海賊船が
憂愁の塩辛い大海に浮かぶ
夜の縁を白い鳥たちが羽ばたき昇る
鋼鉄の
倒壊しゆく街々の上へと

この詩は後期の作品で、前半は不気味なヴィジョンが展開しているが、後半は比較的明るい、と言っても黙示録的な滅びのヴィジョンに支配されている。これは明快で読者の脳裏にそのイメージがくっきりと焼き付けられる。

第二章　美しい町

トラークルの詩に次のような有名な詩がある。

美しい町

古い広場が日に照らされ黙《もだ》している
青と金色の中に深く紡ぎこまれ
やさしい尼僧たちが足早にゆく　夢のように
重苦しい山毛欅《ぶな》の沈黙の下を

褐色の明かりの灯る教会のなかから
覗いているのは死の清らかな肖像と

偉大な王侯たちの美しい紋章
王冠が教会の中でかすかに光っている

馬たちが泉から浮かび上がる
爪のような花が木々から脅かす
夢に心をみだされて男の子たちが戯れている
夕べに声もかすかに　かしこの噴泉の辺で

女の子たちが門辺に立ち
おずおずと色とりどりの世の営みに見入っている
その濡れた唇は震えている
そうして女の子たちは門辺に待っている

ふるえるように響く鐘の音
行進の拍子が響き　そして衛兵の呼び声
他所人《よそびと》たちが階段の上で聴き入っている

青の中に高々とオルガンの響き
明るい音の楽器が歌う
庭園の葉の縁取りを通して
飛び交う美しい婦人たちの笑い声
かすかな声で若い母たちが歌う

花の窓辺にひそかに息吹く
薫香　タール　そしてリラのにおい
しろがね色に瞬く疲れた瞼
窓辺の花々を通して

タイトルの「美しい町」とは明らかに詩人トラークルの生地ザルツブルクのことである。ザルツブルクは、今美しい町としてますます多くの観光客が訪れている。当時もすでに余裕のある多くの人々がこの地を訪れている。この町はすでに一九一〇年代前半に年間十二、三万人の観光客を迎えている。詩の中に登場している「他所人《よそびと》たち」も観光客たちであろう。ここにはザルツブルクを示す様々なこの町の特徴を示す言葉がちりばめられている。

先ず第一詩節の冒頭の「古い広場」、これは複数で示されている。実際レジデンツ（宮殿）広場をはじめ幾つかの広場がある。事実トラークル家の住居は三方をレジデンツ広場、モーツァルト広場、ヴァーク広場に囲まれている。

また同じ詩節の三行目に「尼僧たち」が出てくるが、この町は宗教都市でもあった。かつては大司教が領主（第二詩節の王侯たち）でもある領邦国家の首都であった大司教座都市であり、この時代も聖職者が多かった。したがって彼らは日常眼にする人々であった。その上修道士よりも修道女が数において勝っていた。十九世紀末には約九〇〇人を数えたという。それはこの町には、その名もノンベルク（尼僧の山）尼僧院があるためであった。ちなみに時代が下るが、有名なミュージカル映画『サウンド・オブ・ミュージック』の主人公マリアのモデルはこの修道院の修道女であった。

第三詩節の冒頭の「馬たち」であるが、これは実際の馬ではない。ザルツブルクの市民なら、解説しなくても直ぐ分かるのであるが、レジデンツ広場にある噴泉の馬の彫像のことを指している。馬の鼻の穴から水を噴き上げているのである。それが浮き上がるように見えるわけである。

第五詩節の二行目に「衛兵」が出てくるが、詩人の家の正面からモーツァルト広場を隔てた向かいの、塔上にグロッケンシュピール（鉄琴）のある宮殿の新館の下にザルツブルク駐屯軍の衛兵詰め所が当時置かれていたのであった。ザルツブルクは軍事都市でもあった。第六歩兵旅団の駐屯地であり、一九〇七年には市内に二〇〇〇人にものぼる将兵がいた。若い将校たちは非番になると街中に繰り出して若い娘たちの気を引いていたという。

しかし詩人はこの詩において生まれ故郷の美しさを讃えているのであろうか。確かに美しいイメージには事欠かない。例えば第一詩節の「古い広場が日に照らされ黙《もだ》している／青と金色の中に深く紡ぎ込まれ」、第二詩節の「偉大な王侯たちの美しい紋章／王冠が教会の中でかすかに光っている」。また第六詩節等もそう言える。しかし美しさとは相反するネガティブなイメージもない交ぜられていることが読み取れる。例えば第一詩節の「重苦しい山毛欅《ぶな》の沈黙の下を」、第三詩節の「爪のような花が木々から脅かす」等、また美しい語とそうでない語が近接されたり、結びつけられている例もある。第二詩節の「死の清らかな肖像」、第七詩節の「薫香　タール　そしてリラのにおい／しろがね色に瞬く疲れた瞼」等。これで美しい町の美しい印象だけを拾い集めていないということが分かる。詩人はむしろ判断を控えて虚心に直接自らの感覚に訴えかけてくる印象を、町を逍遥しながら拾い上げ書き綴った感じである。それだけにイメージに現実感がある。にもかかわらず描写にややリアル感が欠けるのはこの詩は印象主義の範疇に入る詩と言えるからである。

またタイトルの「美しい町」とは人が言うところのそれである。つまりいわゆる「美しい町」である。

アレクサンダー・フンボルトはこの町をコンスタンティノープル（現在のイスタンブール）とナポリと並んで「世界で最も美しい町の一つ」と言っている。また後にトラークルが詩を見てもらったヘルマン・バールは、「ザルツブルクは永遠に美しい。そして人々は今が一番美しいと永遠に感じる……」と述べている。町の各所に景観の美しい観光スポットがあるが、その最も美しいとされる眺望はミラベル庭園からのホーエンザルツブルク城塞への眺めであろう。前景に庭園の芝生と美しい花壇、それにミラベル宮殿、中景に大聖堂の屋根や諸教会の塔、そして遠景に厳かな城塞が望まれる。この眺めは誰でも写真で一度は目にしているであろうし、また『サウンド・オブ・ミュージック』のマリアが「ドレミの歌」を歌う背景の一つともなっている。

ミラベルの音楽

泉が歌う　雲がいくつか浮かんでいる
澄んだ青のなかに　白くやわらかな雲が

もの思わしげに物静かな人々が歩みゆく
夕べ　古びた公園を

祖先たちの大理石は灰色にくすみ
鳥の列が彼方へとかすめてゆく
ファウヌスが死んだ目をして眺めている
闇へとすみやかに変わりゆく影の方を

葉が赤く古い木から散り
開いた窓からくるくると舞い込む
火影が部屋の中で燃え立ち
ほの暗い恐ろしげな影を描き出す

白い異郷者が部屋の中へ入ってくる
犬が崩れ落ちた通路を突っ走る
女中が明かりを消す

夜　耳がソナタを聞いている

美しいミラベル庭園も古びており、祖先たちの大理石（庭園のそこかしこに立つ大理石像）も長い歳月に灰色にくすみ、葉もまた古い木から散る、また崩れ落ちた通路、と古さと衰えが強調されているのが目立つ。この庭園ばかりでなくザルツブルクの旧市街はいたるところ往時の栄光を留めているが、それだけにこの時代、その衰えの様相が際立って見えた。それをトラークルは主要なモチーフとしてザルツブルクに取材した作品に描いている。

この詩の第四詩節は、前の三つの詩節と詩風が異なっているのが分かる。前の稿体（タイトルも異なり、『色とりどりの秋』であった）では、この部分が全く異なっていた。これと差し替えられたのであった。

オパール色の靄が草地の上を漂う
蒼ざめて霞むひとひらの雲
泉に映り　緑のグラスのように輝く
こごえる空の三日月

これならば詩の全体と調和する。これに対して最終稿の第四詩節は違和感がある。この部分のイメージが前の三詩節のそれとは異質であるからである。この詩節はだいぶ後になって差し替えられた。これはその頃しきりに用いた行様式（これは表現主義の代表的な詩の様式の一つである、一行一行完結した互いに直接関係のないイメージやヴィジョンが並置される）になっているからである。なぜ差し替えられたかは詳らかにしない。

『美しい町』、（また『ミラベルの音楽』もそうであるが）という詩には、美しいイメージと、これとは対照的なイメージがない交ぜられているが、ネガティブなイメージが勝った、同じザルツブルクに取材した作品もある。

フェーンの吹く場末

夕べ　そこは殺風景で褐色で
大気はおぞましい悪臭に満ち
アーチなす橋を渡る列車の轟きに
雀たちが繁みと垣の上に飛び立つ

ひしゃげた小屋の数々　小道は入り組んで
庭はみだりがわしく蠢くものに充ち
ときおりおぼろげな動きから泣き声が高まる
子供の群れの中を服が赤く飛ぶ

塵の山のそばで盛りがついた鼠が声をそろえて鳴く
籠の中に女たちが臓物を入れて運ぶ
汚れと疥癬だらけの吐き気を催させる行列をなし
彼女らは薄ら明かりから現れる

そして排水溝が突として脂ぎった血を吐き出す
屠殺場から静かな川の中へ
フェーンが乏しい潅木を様々な色に染めあげる
するとゆるやかに赤が波間を這ってゆく

もの悲しい眠りの中で溺れる囁き

何かが溝からゆらゆらと漂い浮かぶ
もしかすると昔の生活の思い出
それは温かい風とともに浮き沈みする

雲間から姿をあらわす微かに光る並木道に
美しい馬車や勇ましい騎士たちが溢れて
それから船が一隻暗礁に乗り上げるのも見える
そしてときおり薔薇色のモスクもいくつか

第二詩節は、貧民街の印象と言うべきである。「美しい町」ザルツブルクも一歩中心を離れるとこういう地域があった。これが当時の現実であった。したがってタイトルの Vorstadt im Föhn の Vorstadt は文字通り訳すと「町（Stadt）の前（vor）」つまり市壁の外側の新開地で「場末」が相応しい。「郊外」と訳している場合が多いが語感的に適切ではない。第四詩節第一詩行の Kanal も「運河」は誤訳である。事実ザルツブルクには運河は存在しない。これは「排水溝」でなければならない。したがって第五詩節第二詩行の「溝」と同じである。親友ブッシュベックの証言「ゲオルクはすでに若い時に屠殺場の血の流れの臭う排水溝がザルツァッハ川に注ぐのを見ていた」がこの裏付けになっている。「血」とは屠殺した牛の血であり、「川」はザルツブルクを貫流するザルツァッハ川である。実際当時この地に、第一詩節に出ている橋の脇の、後のゲビルクスイェーガー広場（現在はこの地に広域暖房施設の建物が建っている）に下等肉を安く、貧しい人々に提供する肉売場を付設した屠殺場があった。この詩は一九一一年末から、遅くとも翌年の初めに成立したが、同年九月一七日に首都ウィーン市庁舎前で食料品の高騰に抗議した約十万人に上る大規模なデモがあった。特に主食の牛肉は高く、当時の労働者の一日平均の賃金は四クローネに過ぎなかったのに対し、牛肉は一キロ一・八二クローネもした。牛肉の高騰は常態的であり、ウィーンばかりでなく国内ではどこもそうであったと思われる。第三詩節にはこのような背景があったのは確かであろう。この情景は、後に『心臓』という詩において更にリアルな表現で再録されている。

屠殺場の素っ気ない門の所に立っていた
貧しい女たちの群
それぞれの籠の中へ投げ込まれた
腐った肉と臓物

呪わしい食い物よ

先に挙げた幾つかの詩に比べて「美しくない」が、これもトラークルの詩の一面である。「醜の美」を表現するのは、現代詩の特徴であるが、これを初めて唱導したのはボードレールであった。「醜の美」を呈示することによって従来の陳腐な美の概念を衝撃的に打ち砕いた。その最も方法的な適例は『腐肉』という詩である。この作品では、獣の死骸の腐っていく様を赤裸々に、誇示的に表現している。ボードレールの影響が多分に認められるトラークルであるが、醜を忌避的に取り扱っているのが分かる。ボードレールのようにことさらに醜を恣意的に、挑戦的に呈示するのではなく、忌避的な姿勢は崩さないにしても（それはこの詩では第一詩節第二詩行の「おぞましい」、『心臓』では「呪わしい」という詩的主体の感情に示されている）醜悪なところから眼を逸らさない詩人の誠実さが感じとれる。またこれが肝腎なことであるが、われわれがトラークルの醜悪なる表現に向き合う時に、その独自性に衝撃的感動を覚えるのはもちろんであるが、醜悪なるものを示す際の詩人の魂の揺らめきがわれわれに感動を喚び起こすことに注目すべきである。われわれが深いところで心を揺り動かされるのは、そこに呈示されたイメージやヴィジョンそのものではなく、それから感じとれる、醜悪なものに怖れおののく詩人自身の魂の純粋性なのである。

したがってトラークルの詩における醜悪なイメージは、われわれに表面上は嫌悪感を与えるが、同時にそこに詩人の魂の美しさを感じとらせるのである。醜悪をことさらに感じ取れるのも鋭敏、繊細な感性を有する詩人ならでは、であるからである。彼自身はデカダンスと言える生活を送りながらも詩に退廃臭が微塵も感じられないのはこれを裏書きしている。そしてトラークルにあっては「醜悪」は詩人の一貫した考え方、つまり世界は没落し滅びる、ということの表れの一つであったことも、したがって醜悪な事柄が頻繁に詩に取り上げられる根拠になっていることも指摘しておきたい。

この詩は、第四詩節までは、題材は自然主義が好んで目を向けるそれであるが、『美しい町』の印象主義的な手法の残滓が見られる。例えば第二詩節第四詩行の「赤く」とか第四詩節第四詩行の「赤」等。前者は、実際は服の色なのであるが、「赤い服」とせず、また後者は、実際は血の色なのであるが、ただ「赤」と示したことにそれが象徴的に見てとれる。

しかし第五、第六詩節と見ていくと、特に最終詩節である第六詩節では、全くランボー的なヴィジョンに変わっている。語彙の面では、第一詩節の第二詩行の「おぞましい悪臭」がすでにランボーのそれである。また第六詩節の「モスク」もランボーの語彙である。第四詩節まではおぞましいネガティブなイメージが満ちあふれているが、第五詩節を経て最終詩節に至って現実から完全に解放された美しいヴィジョンに変わっている。

トラークルは「オーストリアのランボー」と呼称されることはほとんどないが、その詩に対するランボーの影響は大きくヘルダーリンのそれに並ぶ。否、語彙、表現の面では後者を凌駕していると言えるだろう。しかしそうしたランボーの詩の語彙や表現を自家薬籠中のものとして、すなわちトラークルの固有な世界のものと化しおおせている。自らの文脈で効果的に使用し、剽窃の感はない。

ランボーの詩世界はあらゆる従来の倫理的な、宗教的な箍《たが》の外れたところに生まれた爆発的なヴィジョンの氾濫と言えるが、トラークルのそれは倫理的、宗教的な（それはもちろんキリスト教的な）影を引きずっている。その影は大きくトラークルの人生をも支配している。トラークル家はプロテスタントであったが、ザルツブルクは、かつては輝かしい時代を画し、十八世紀末には一時的にウィーンやミュンヒエンを凌駕し、北のローマと称されカトリックの一中心地であり、その影響は町の隅々にまでいきわたっていた。また母親代わりに詩人をはじめ子供たちの養育、教育にあたったアルザス出身の住み込みの家庭教師マリー・ボーリングはこちこちのカトリック信者で詩人にカトリック的な心的態度において大きな影響を及ぼした。

詩人自身の極度の煙草やアルコールや麻薬の嗜み、また娼家への出入り、また妹との近親相姦的関係等非行と呼ばれる行為はトラークルを一生苛んだ。カトリックの素養が血肉化していたためにその罪悪感は強いものであり、その世界から脱却しようとした。したがって清らかな世界への憧れは切実なものがあった。詩を書くこともその一つの方法であった。

トラークルの詩は、そういう強い倫理的な、宗教的な思いに規定されて、ランボーに見られるようなヴィジョンの圧倒的な拡散が抑制されていると言える。しかしそれが逆に求心的に働き、ランボーの詩とは異なった魅力を生み出している。

この町は言うまでもなくモーツァルトの生地であり、ザルツブルク音楽祭で有名である。モーツァルトの生家とその後暮らした家を訪れる人はひきもきらない。しかし今は記念館となっているトラークルの生家を訪れる人は少ない。それでも最近は、トラークルは市民権を得て（と言うには少し語弊があるかもしれないが）ともかくザルツブルクの観光に一役買っていると言える、というより駆り出されているというのが適切かもしれない。それは彼の詩が、背景とする地に銘板に刻まれて掲げられたことである（もちろん『美しい町』も第一に生家であった壁に掲げられた）。このことは、ザルツブルグの地名をタイトルにした詩を書いていることも与《あずか》っている。ただしその幾つかは、内容はタイトルと余り関係がない。タイトルは詩の単なる機縁となっているに過ぎない。とにかくザルツブルクとその近郊のトラークルの詩に関わる箇所に都合九つ、詩の銘板が掲げられている。また市を貫流するザルツァッハ川にはトラークル小橋という橋も架けられていた（現在はこの呼称は変えられている）。しかし詩人はこの町を余りこころよく思っていなかった。モーツァルトと同じように、それはおおむね人間関係によるものであった。ところが後に大学で勉強するためにウィーンに移ってしばらくして次のような手紙を長姉に出している。

「どの行も、どのページも、ザルツブルクから来るものは、私があらゆるものにまして愛している町に対する私のかけがえのない思い出なのです。私の愛している僅かな人々に対する思い出なのです。

カプツィーン山はもう秋の燃えるような赤につつまれて際立ち、ガイス山はそのとてもやさしい輪郭に最も似合う柔らかな衣をまとったと思います。グロッケンシュピールは『最後《いやはて》の薔薇』を奏で、それは厳かでいて親しげな夕べに染み入っていきます。それはとても甘美に心を動かすので空は無限へと広がっていくのです。そして噴泉はあんなにも美しいメロディーで宮殿広場に歌い上げているのです。そして大聖堂は荘厳な影を投げているのです。そして静寂が増し、それが多くの広場や通りへと広がっていくのです。私があなた方のもとに、こうしたあらゆる素晴らしさの只中に留まれたほうがはるかによいのに。誰が、この町の魅力を、あまりにも大きい幸福のゆえに人を悲しくさせるその魅力を私ほど感じられる者がいるでしょうか。私は幸福であるときはいつも悲しい。それは不思議なことではないでしょうか。」

トラークルにはめずらしく美しくも感傷的な手紙であるが、それだけに故郷の町の魅力に対する愛着の強さが窺われる。

ともかく詩人ゲオルク・トラークル（Georg Trakl）は、この美しい町ザルツブルクで一八八七年二月三日に生まれた。この前後十年間は現代の文学、芸術、思想、政治、科学において大きな足跡を残した人間を多く生み出していることは注目に値する。ちなみにこの年には現代建築の祖ル・コルビュジェが生まれている。翌年には現代詩の開拓者エリオット、二年後には、トラークルの詩を論じている代表的な実存哲学者の一人ハイデガー、また現代哲学の革新者でトラークルに金銭的に援助をしたヴィットゲンシュタイン、更には詩人のウィーン時代、同じ都市に住んでいた独裁者ヒトラーが生まれている。その他一八八〇年代には、ムッソリーニ（1883）、現代絵画の巨匠ピカソ（1881）、現代文学の創始者たち、ムージル（1880）、ジョイス（1882）、カフカ（1883）、ローレンス（1885）が生まれている。更に一八七九年には、同じ頃ウィーンに亡命していたトロツキーとその政敵スターリンと二十世紀最大の科学者と言われるアインシュタインが生まれている。

詩人の生まれた家はヴァークプラッツ（秤広場）と町を貫流するザルツァッハ川に沿うルードルフカイ（河岸）に挟まれた建物（シャフナーハウス）の二階であった。この広場は小さいが、中世のザルツブルクの中心であった。「秤広場」と呼ばれるのは、物資の重さを量る秤が置かれていたことに由来する。またこの建物がシャフナーハウスと呼ばれるのは、一八一五年この建物の持ち主がF・A・シャフナーになったからであった。詩人生誕五十年を記念して一九三七年に『美しい町』の銘版が取り付けられた建物の二階は、現在トラークル記念館として一般に公開されている。ここには遺品など詩人にまつわる品々が陳列されている。

詩人は父トビーアス、母マリーアの第四子として生まれた。詩人の父は手広く金物商を営んでいた。詩人の生まれた数年後、一家は目と鼻の先の、ヴァークプラッツを隔てたはす向かいの建物に移り住んだ。この豪壮な建物は、北側のヴァーク広場と馬の彫像の噴泉がある南側のレジデンツ広場と正面東側のモーツァルト像の立っているモーツァルト広場と三方を広場に囲まれている建物で、街の一等地と言ってもよい地域の一角を占めていた。現在は、この建物はモーツァルト広場を介して向かいにあるグロッケンシュピールにちなんだ名前を持つカフェ・グロッケンシュピールとなっている。三万二千グルデンで購入したこの家は、建坪五百平米で一階がトラークル商会の店舗、二階が家族の住まいと倉庫であった。この移転は、家業の発展、隆盛を裏付けている。ただちに当時のブルジョワジーの生活様式が取り入れられた。子女にピアノを習わせ、住み込みのアルザス出身の家庭教師を雇い入れた。この女家庭教師と子供たちの間ではフランス語で会話がなされた。そして女子たちを遠地の寄宿学校に入れた。

ザルツブルクは、当時オーストリア＝ハンガリー二重帝国の西部の一角にあった。この帝国は多民族国家であってその支配的民族であるドイツ人は全体の約二十パーセントを占めるに過ぎなかった。また同じ国家に住んでいることから交雑が容易に行われた。トラークルの父方はドイツのシュヴァーベン地方からの移民であったが、母（旧姓ハリク）の父はチェコ人でプラハに生まれ、オーストリアのヴィーナーノイシュタットでドイツ系のアンナ・シュットと結婚している。

詩人の父トビーアスは村夫子然とした風采の人で、堅実、温厚であり、楽しみと言えば、カフェでのタロットと夕食後の一杯のワインであった。彼は実務家であり、文学や芸術には興味がなかった。出身はザルツブルクではなく、ハンガリーの西部、今はオーストリアと国境を接する地点にある、エーデンブルク（現在のショプロン）の生まれであった。その後青年になった父は仕事の関係でヴィーナーノイシュタットに移った。ここで最初の妻を得た。二人の間には詩人の腹違いの男の子（ヴィルヘルム）があった。しかしこの妻は二十九歳の若さで亡くなった。そして八年後二番目の妻、すなわち詩人の母マリーアと結婚した。しかし彼女も二度目の結婚であった。不思議なことに彼女の最初の結婚式に父トビーアスが招かれている。したがって母の最初の夫と詩人の父は知り合いであったことが窺われる。しかもその結婚はまもなく破綻する。そして離婚した母は一八七八年五月二十二日に男の子（グスタフ）を生む。トビーアスはこの子の父であると認め、八月二十二日に二人は結婚する。しかしグスタフはまもなく病死する。その直後一八七九年十一月二人はザルツブルクに移住する。この移住の理由は明らかではないが、第一に経済的な理由が考えられる。あるいはこの結婚の経緯、また最初の子の死が絡んでいたかもしれない。これは一家の秘密となっていた。その後ザルツブルクで生まれた最初の子に死んだ子と同じグスタフという名が付けられた。これには死んだ子の思い出を隠蔽しようとする心理が働いたのではないかという説もあるが、むしろ逆に生まれ変わりであってほしいという親の切なる思いによったのかもしれない。

表現主義文学の詩人はしばしば前の世代、特に父との葛藤があり、彼らの文学には父親との対立をテーマとした作品が見られる。しかし詩人と父との間にはそのような葛藤はなかったとみてよい。やはり父の温厚な性格がその理由の一つであったと言えるであろう。

これに対して詩人の母は、父とは違い一風変わった女性であった。子供をたくさん生んだにもかかわらず子供には冷淡で、その養育や教育にあまり関心を示さず、それを乳母や住み込みの家庭教師に任せ、一人自室で多くの時間陶磁器や美しい織物など骨董品に囲まれて過ごした。そこに楽しみを見出していたのである。ただ子供たちのピアノのレッスンには立ち会ったという。このような芸術家気質を詩人は母から受け継いだのであろう。

フェミニストのシュメルツァーは、母をこのような逃避的態度に至らしめたのは、夫トビーアスが妻マリーアに理解がなかったと見ている。たしかに家父長的な桎梏とその影響は無かったとは言えないであろう。しかし母の気質的な性格もそういう性向に与っていたことも疑いえない。いずれにせよこの母の子供たちに対する態度は詩人にとって辛いものであった。詩における母親像は――もちろん実際の母とはイコールではないとしても――冷たく描かれている。

第三章　青き憂愁の詩

この著の書名「青き憂愁の詩人」であるが「憂愁」には一般的にはやや甘い響きが付与されている。その意味で「憂鬱」が誤解を生まず適切かもしれない。トラークルには事実「メランコリー」という詩がいくつかあり、この語には「憂鬱」のみならず「憂愁」の意もあり、内容も双方の気分を含んでいる。トラークルの詩の基調は、詩によって濃淡があるが「憂鬱」、「憂愁」と言うことができる。

「青き詩人」はトラークルの、すでに言わば「公認」された呼称と言える。「青き詩人」と言えばトラークルを指す。その詩には種々の色彩語の中で「青」が最も使用されている。その上「青」はその多様、多彩な、独特な使用に置いて黒をはじめ他の色彩をはるかに凌駕している。それどころかその詩世界が「青」に浸潤されていると言える。

「青」について解説する前に、トラークルの詩の形式的な特徴から話を進めることにする。それはイメージと音韻優先で、思想はむしろ従属的ということができる。イメージと音韻は最も支配的なトラークルの詩の要素と言うことができる。イメージと音韻はどちらが勝っているかというと、やはり全般的にはイメージであるが、時には音韻的趣向がイメージのそれに優先される場合もある。

ただしイメージは原語を知らなくとも、つまり翻訳された語によってもネイティブの人とほぼ同じように表象できるが、音韻の場合は原語を知らないと難しい。例えば『誕生』という詩の冒頭の一行は「山岳、黒　沈黙　そして雪」と訳されるが、原語では、Gebirge: Schwärze, Schweigen und Schnee. で音をカタカナで表記すると「ゲビルゲ、シュヴェルツエ、シュヴァイゲン　ウント　シュネー」である。原語では山岳を構成する三要素「黒　沈黙　雪」がいずれも「シュ(sch)」を語頭に持ち、この三語が頭韻を形成しリズミカルな語調を生み出す。これはもちろん詩人の意識的に構成した語の選択である。いずれにせよイメージは視覚に、音韻は聴覚に訴えかけてくる。他にも感覚として臭覚、触覚、味覚等があるが、トラークルの詩は第一に感覚に、特に視覚と聴覚に訴えかけてくる傾向が強い詩と言える。

その上トラークルの場合、イメージが色彩と結びつくことが多いのが特徴である。色彩はやはり最も視覚に訴えかける力が強いので、表現は更に感覚的になる。

その詩には「青」のみならず他の色彩語も多用され、多様に効果的に使用され、これがトラークルの詩の一大特長をなしている。色彩語の使用頻度においては、筆者の知る限りでは、世界的に見ても最も多い詩人であると言える。その上色彩語が満遍なく使用されている。これに対して同じ初期表現主義詩人でトラークルと並んで双璧とされうるゲオルク・ハイムも色彩語を多用し、多様に使用しているが、緋色、銀色、バラ色の使用が極端に少ない。トラークルは色彩を文字通り多彩に詩にちりばめ、独特なイメージ、ヴィジョンを形成している。詩人は色彩の魔術師と言われても過言ではない。
先ず特に色彩語に富む詩を挙げる。

ロンデル

流れ去った日々の金色
夕つ日の茶色また夕つ日の青色
羊飼いのやさしい笛は絶えはてた
夕つ日の青色また夕つ日の茶色
流れ去った日々の金色

この簡潔な、内容的にもきわめて単純な形式性に富む詩は、色彩そのもの（金、青、茶）がモチーフとなっていると見て差し支えない。見て分かるように第一詩行と第五詩行が同一であり、第二、第四詩行は色彩語が入れ替わっているだけである。そればかりか色彩語を辿ると、時計回りに「金」↓「青」↓「茶」↓「金」↓「青」↓「茶」↓「金」と円環をなしている。タイトル（ロンデルはこの場合円形のものを指す）に添っている。

この詩は、色彩そのものがモチーフになっているが、しかし単なる夕方の叙景詩ではない。そうではない徴証は「日々」である。これを換言すれば「時代」である。したがって「夕つ日」も「時代の暮れ方」である。「金」は黄金時代の「黄金」の謂であり、それが過ぎ去り、第三詩行の黄金時代の一つの表象である羊飼いの笛の音も絶えてしまった、ということである。この一見極めて簡潔にみえる詩もこのような重層的構造を有する。ここにも時代は終焉に向かうという詩人の牢固たる想いが反映されている。

風景　第二稿

九月の夕べ　哀しく羊飼いたちの暗い呼ばう声が響きわたる
たそがれる村に　鍛冶屋では火花が飛び散る

激しく一頭の黒馬が棒立ちになる　下女のヒヤシンスの巻き毛が
馬の緋色の鼻の穴の熱気を追い求める
かすかに森の縁で雌鹿の叫びがこわばる
そして秋の黄色い花々が
黙《もだ》して池の青い貌の上へと傾く
赤い炎をあげ燃え尽きる一本の木　はたはたと舞い上がる昏い貌をした蝙蝠たち

このわずか八行の詩に色彩語が黒、緋、黄、青、赤、と五つも使用されている。

本題の「青」であるが、その時期によって――他の色彩語もおおむねそうであるが――「青」の頻度や用法が異なる。一言で言えば次第に頻度が高くなり、用法が多彩になり高度になる。

初期にはその頻度が少ない上に現実的で、常識的な使用法が多い。ただ「青い空」のようなあまりにも常識的な、常套的な「青」を使用した表現は流石にない。

泉が歌う　雲がいくつか浮かんでいる
澄んだ青のなかに　白くやわらかな雲

もの思わしげに物静かな人々が歩みゆく
あの下の夕べの青い公園を　（『色とりどりの秋』）

第二詩行の「青」は言うまでもなく文脈から「空の青」を指す。第四詩行の「夕べの青」とは造語と考えられるがドイツ語には「青い時」という言い方があり、これは雅語で「たそがれ」の意である。したがって夕べは「青い」という感覚は伝統的なものである。この時期はまだ「青」に重きが置かれていない。したがってこれは「トラークルの色彩」にはなっていないと言うことができる。

中期、後期になると「青」の使用が頻出する。例えば三十行からなる詩『エーリス』には五例見られる。そしてこの色彩語は特に多様化、多彩化するとともに、その非現実的、象徴的結びつきも現れる。

やさしいグロッケンシュピールがエーリスの胸に響き入る
夕べに
その時彼の頭《こうべ》が黒い褥《しとね》に沈む

青い獣が
茨の繋みの中で血を流している

詩中の「青い獣」の「青い」は非現実的であると同時に象徴的意味合いを帯びている。この「青い獣」は他の詩にも登場し、人間的存在の象徴であり、いまだ文明に訓致されない、荒々しいが純粋な存在を示している。

また共感覚（音を聞くと色が見えるというように、一つの刺激が、それによって本来起こる感覚だけでなく、他の領域の感覚をも引き起こすこと「デジタル大辞典」）表現も現れる。例えば「天使の青い声」。ただしトラークルが共感覚の持ち主であったかどうかは確認されていない。作為的であるにしても一つの詩的表現であることは確かである。

また「青」が「夕」と「秋」と結びつくトラークル固有の三位一体的構造の詩が現れる。

お前がゆくところ　秋となり夕べとなる
樹々の下で響いている青い獣よ
夕べのもの寂しい池　（『妹に』）

したがって「青」は秋と夕べの色となる。ここにおいて「青」は詩人に意識的に使用され、「青の詩人」の誕生となる。

「青」がメタファー（隠喩、暗喩）の要素をなしている例も見られる。「いともかすかに夕べの青い翼が触れる／干乾びた藁の屋根に／黒い地面に」。この場合「青い翼」を独立させて考察すると分かりにくいが、「夕べ」のメタファーと見ればむしろ分かりやすい。

「青」と目に見えないものとの結びつきも現れる。先ず現象、状態との結びつきである。「青い微風」、「青い安らぎ」、「青い戦慄」。これらは非現実的な結合であり、それゆえに「青」は、特に後の二つは心的な状態を含意しているため一層象徴性を帯びる。次に「青」と時間概念が結びつく例が見られる。「青い時間」、「青い夜」、「青い瞬間」。

更に注目すべき結びつきとして「青」と「魂」とのそれがある。「青い魂　暗い流離いが愛するものたちと、他の人々からまもなく我らを分かつことになった」。「青い魂」はこの詩のタイトルが「秋の魂」なのでその言い換えと考えられるが、「青」と精神的な概念が結びつくのは特筆に値する。

中、後期でも名詞化された「青」が見られるが、これは初期におけるそれとは性格を異にしている。初期の場合、前述した「青」の多くは、例えば空の青であり、印象主義的なそれであるが、中、後期では抽象絵画におけるような対象から独立した色彩になる。「無気味にも青の中に描かれて」、「聖なる青の中に輝く足音」。ただし抽象絵画の色彩は、その色調や範囲が明示されるが、詩の場合はそれらが明確化されないわけで、この点は詩の短所であるが、そのかわりその色彩は純粋なそれとして表象化されうるという長所を有する。そしてこれが詩そのものの純粋化に与っていると言えよう。とにかくトラークルは色彩、とりわけ青の有する潜在的な力を見い出し、その効果を詩においてあらゆる詩人にもまして最大限に発揮せしめたと言うことができる。

第四章　呪われた詩人

幼年時代

たわわなるニワトコの実　安らかに幼年時代は
青い洞に住んでいた　消え去った小路の上は
いま褐色に変わり野の草がざわめいている
静かな枝が沈思する　葉群のさわめき

同じようにさわめく　青い水が岩間に響く時
黒うた鳥の嘆きの声はやさしい　牧人が
秋の丘から転がり行く太陽を黙《もだ》したまま追ってゆく

青い時の間はもう魂そのもの
森の縁におずおずとした獣が姿を見せ　静かに
谷底に古い鐘の音と暗い村落がやすらう

より敬虔にお前は暗い年々の意味を知る
ひっそりとした部屋の冷気と秋
そして聖なる青の中に輝く足音が響き続ける

開いた窓がかすかにきしむ　涙をもよおす
丘の辺の朽ちた墓地を見ると
語られた伝説の思い出　しかしときおりは魂は明るむ
陽気な人と濃き金色の春の日々とを思うと

この作品は詩人二十六歳の作で詩人の直接的な伝記的な要素は見つけ難いがその原体験としての思い出の世界がかいま見られる。むしろ「幼年時代」が普遍化され、濾過された、そのエッセンスが形象豊かに展開されている。

将来の詩人ゲオルクは何不自由のない裕福な家庭に育ち、弟フリードリッヒ（愛称フリッツ）によれば、「ゲオルクは私たちと同じように愉快で、荒っぽく、また健康であった」。また長姉ガイペル夫人によれば、「ゲオルクは彼のタフな性格に相応しくとりわけ粗野で奔放であった。特に二人の姉をどんとついたり、つねったりした」。これら家族の証言からするとかなり腕白ではあったが普通の子供であった印象を受ける。

これに対して後の親友ブッシュベックは、「彼は他の学童から遠ざかり、交わりたくない様子が明らかであった」と言う。ここには内気な性格が示されている。しかしこの一見相反する性格は矛盾せず、こういう子供は内弁慶としてむしろよく見られる。

しかしその後突飛と思われる行動が報告されている。それは速く動くものに対して恐怖感を覚えそれを阻止しようとする行動である。例えば、奔ってくる馬を阻止しようとしてその前に身を投げ出したという。また走ってくる列車に対しても同じ試みをした。

ギムナージウムに入ると、クラスの友人の証言によると、「トラークルは明朗な少年であったが、突然不機嫌になり、口論好き、尊大になり、自負心を示し、生に倦んだ様子になった」。また他の同級生は「彼はだらしない服装をしていたのではないだろうが、彼は何か特別な物を身にまとっていた。——彼は我々とは違っていた。また彼はお辞儀をしているように、たいてい前かがみに歩いた。そして彼の視線は物思わしげで、思案的で、時折また探求的で、あるいは忘我的だった。学校の椅子に彼はたいてい彫像のようにじっと座り、悩み続けながら鼻孔をふくらませて鼻の部分を、肘をついた手で支えていた。これは全く彼の特徴的な姿勢だった」。また「学校の誰も彼を真面目に見ていなかった。――いつも彼の顔付きのなかには静かな、かたくなな嘲笑があった」。一方他の生徒は「トラークルは本当は愉快な、人付き合いの良い、誠実で――友情のある少年であったし、クラスの悪ふざけも文句を言わずに一緒にした」と言っている。

こうしたクラスメートの証言から当時のトラークル像を考えてみると、クラスの者と付き合わないことはなかったのではないが、自分の世界に没頭していることがよくあった。ここにすでに自我を持った、早熟な少年の態度が見える。「世界への態度、精神的な発展において、トラークルは同じ歳の者たちにまさっていた」という証言がこれを裏書きする。彼自身も同じクラスの者たちに精神的にまさっていることを十分意識していたと考えられる。それは自負心をもっていたとされていることから分かる。それが根拠となって口論好きや尊大という態度に出るわけである。また顔付きに表れる嘲笑も強い自負心から出たものと言える。これらの態度はまた精神的には優位にあるという自覚と留年生の劣等コンプレックスとのしからしむるものであろう。最後に「生に倦んだ」であるが、これは「私の世界」つまり「あらゆる現実よりも美しいイメージの世界」が内面に生成されたために、凡庸な現実の世界に飽き飽きしてしまったことを示している。

ともかく師範学校に併設された小学校を良い成績で卒業し、ギムナージウムに入学したトラークルは、低学年の時は成績は良かったのであるが、思春期にさしかかると事情は一転する。十四歳の時成績不良のため留年する。そして次の年あたりから詩作を始めている。おそらく自我の目覚め、そして文学への傾倒が勉強をおろそかにしたのであろう。この留年は一年で乗り切ったのであるが、十八歳で二回目の留年をし、これは乗り切れずについに退学を余儀なくされる。

落とした科目は、ラテン語、ギリシャ語と数学であった。いずれも一夜漬けではマスターできない科目で、勉強を普段怠けていた証拠である。そして勉学を怠ける代わりに非行と言える生活態度を示した。これは直接非行とは言えないが、先ず甘いものに対して極度の嗜好を示した。甘いお菓子を掛けで買うことを常とし、あまり掛けで買うので掛けでは売らないと言われると、自殺をするとその店の人を脅したと言う。次に極度の喫煙癖。当時ももちろんタバコを吸うことは、学校で懲戒を受ける非行であったが、トラークルは口ひげが黄色くなるほど吸っていた。それから大量の飲酒。これは後年のことであるが、ある手紙に次のような文面がある。

「一昨日、四分の一リットルの葡萄酒を十（何と十）本も空けてしまった。」

「私はワイン、シュナップス、ビールの大海を飲み干しました。素面です。」

また詩においても酒飲みが登場している。

すばらしい、たそがれる森の中を酔ってよろめきながら歩くことは（『夕べわが心は』）

ワインに酔って頭が溝にはまっても、それを甘んじて耐えよ（『途上』）

そしてトラークルを最も捕らえたのは、麻薬であった。当時麻薬は手に入りやすく、たしなんでいる人は珍しくなかった。詩人の母も麻薬を吸う習慣があったと言う。友人に宛てた手紙に次のような箇所がある。

「私は最初はたくさん、ほんとにとてもたくさん勉強したんだよ。その後起きた神経の疲労を乗り越えるために、私は残念ながら再びクロロホルムに逃れた。効果はものすごかった。一週間このかたこれに苦しみ――私の神経はずたずただ。」

この時進級のための再試験の勉強をしていたものと思われる。これはすでに（この時十八歳）麻薬の中毒に陥っていたことを示している。生涯にわたって麻薬は、クロロホルムの他、ヴェロナール、アヘン、モルヒネ、エーテル、コカイン等多岐にわたって使用していたことが明らかである。

ヴェロナール中毒について書簡に次のような記述がある。

「私は二日二晩眠ってしまいましたが今日もなおとてもひどいヴェロナール中毒にかかっています。」

詩において、例えばアヘンそのものは出てこないが、それを連想させる語、すなわちその原料である芥子が出てくる。そしてこれが芥子ではなくアヘンを暗示している思われる例もある。

お前の瞼は芥子のため重い　（『途上』）

芥子の乳液に酔って　（『夢のなかのセバスティア』）

麻薬はトラークルの生を支配したといっても過言ではなく、妹グレーテをも巻き込み、ついにはコカインの飲みすぎによる死を招くのである。ギムナージウム退学後、薬剤師の道を選んだことも一つには麻薬が手に入りやすいためと考えられる。

娼婦との交渉もすでにギムナージウム時代に始まっている。娼館は自宅の目と鼻の先のユダヤ小路にあった。そこに彼は文学仲間と上がったが、一人の年配のやつれた娼婦を好み何時間も黙ったまま脇に座り、ワインを飲んだり、熱狂的に独り言を呟いたと言う。また大聖堂での早朝礼拝の後、有名なカフェ、トマゼリで揚げ菓子を買い、その娼婦に持っていった、というエピソードも伝えられている。しかし娼婦との「交渉」がないプラトニックな関係であったとは断定できない。ある時彼は「自分は性病に罹らない」と述べている。

エスタブリッシュメントの「需要」を充たすために彼らが設けた娼館に出入りすることはエスタブリッシュメントを批判するには矛盾する行動と言えるが、この「施設」を逆手にとってそうすることによって表向きは良識を装っている偽善的な市民を批判しようとする意図も窺える。

彼の作品には娼婦が登場する。

娼婦の館の中で哄笑が響く　(『夜のロマンツェ』)

また娼婦を主人公とした詩もある。

ソーニャ

夕べが古い庭に還る
ソーニャの命　青い静寂
野鳥たちが渡ってゆく
秋と静寂の中に立つ裸木

向日葵はやさしく身を屈める
ソーニャの白い命の上に
けっして見せなかった赤い傷が
暗い部屋べやでただ命を永らえさせる

青い鐘の音が鳴り響くところに
ソーニャの足音とやさしい静寂
死にゆく動物が滑り落ちながら挨拶する
秋と静寂の中に立つ裸木

古い日々の太陽が輝く
ソーニャの白い眉毛の上に
雪が彼女の頬を
また彼女の眉毛の荒地を濡らす

ソーニャとはもちろんドストエフスキーの『罪と罰』のヒロインの娼婦である。主人公ラスコーリニコフは、この世には凡人と非凡人の区別があり、非凡人はこの世に害毒を流す者を抹殺し、その財を奪ってよく、それを世に施せば赦される、という自己流の尊大な哲学から因業な金貸しの老婆を殺し金を奪うのであるが、心は清らかなソーニャによって更生し自首しようとする。トラークルもソーニャを「白い命」と穢れない存在と捉えている。


この『罪と罰』に関してトラークルのコメントが伝えられている。

「女性というものは官能的欲望のみを求めているのだと主張する輩どもは打ち殺すべきだ。女性はわれわれの誰もがそうであるように公正さを求めているのだ。」

他に『アーフラ』という詩があるが、この詩の主人公アーフラとはローマ帝国時代ディオクレティアヌス帝の迫害によって殉教した女性で、伝説によれば娼婦であったが、キリスト教に改宗し、その信仰ゆえに火焙りの刑に処せられたという。この詩においては、「青いマントにつつまれて」とある。青いマントは聖母マリアがまとっている衣であり、それは聖なるものの象徴と言ってよい。しかしこの詩のアーフラは、トラークルが滞在したインスブルックの近郊のミューラウの教会にあるアーフラの絵がモデルであると言われているが、これは赤いマントを纏っている。これは詩人が意識的にアーフラに青いマントを纏わせたものと思われる。一般には最も穢れた存在とされている娼婦を逆に清らかな存在と捉えている。更に『教会』と題する詩には次のような箇所も見られる。

黒い祈祷台にいて聖母に似ている
蒼ざめた頬の小さな娼婦　（『教会』）

娼婦に対する同情からであろうが、それにしても挑発的な表現である。しかし詩人は娼婦一般はネガティブな存在と見ていた。

彼が神を斥けこの乏しい世界を

娼婦にした　厭わしい、病気の、腐って蒼ざめた　（『薄明』）

娼婦　寒気に身震いしながら死児を産む　（『黙《もだ》した者たちに捧ぐ』）

いずれも暗喩として使われ、なんらかの特定の娼婦そのものを指しているわけではない。退学後は薬剤師になるべく、薬局「白天使」で三年間実習することになった。なぜ薬剤師の道を選んだかは、三年間薬局で修業すれば大学に入れ、二年の課程を修了すれば普通三年の兵役を一年で済ますことができることと麻薬を容易に手に入れられることも与っていただろう。またそのステータスは父をもある程度満足させたであろう。

この間も文学活動に勤しんでいる。ギムナージウム在学中の十七歳の時には、文芸サークル「アポロ」（後に「ミネルヴァ」と改称）の主要メンバーとなっている。当時の詩人の写真が伝わっているが、これについてバージルは次のようにコメントしている。「外部へも詩人であることを明らかに示すために、彼は髪の毛によく分け目をつけ、ポマードをたっぷりつけ、芸術家の長髪としてうなじにかけていた。また彼は高い折り襟を好み、彼の服は最新のモードで裁断されていた。その際カフスは袖からとびでていなければならなかった。頬髯は頬のそうとう下まで達していた。当時の写真がわざとらしい気取り方で前方を見つめているトラークルを示している」。この写真を見ると当時のトラークルは、やはり「文学青年」を気取っていたことが分かる。

極度の喫煙、飲酒、麻薬の耽溺、そして娼家への出入りは、一面では詩人の意識的な反市民的な態度を示し、彼に多分な影響を与えたフランスの「呪われた詩人」たちのボヘミアン的な生活態度を模しているということができる。そのために一般の市民とは異なった点を外形においても示す必要があった。

詩作と同時に劇作にも力を注ぎ、十九歳の時にはザルツブルク市劇場で自作の戯曲『死者の日』が上演され、次に二作目『蜃気楼』が上演された。これらはおおむね不評で、これらの戯曲は詩人の手で破棄された。その後は詩作に集中し、二十一歳の時、詩を現地の新聞に初めて発表し、詩人への道を歩み始めた。そして一九〇八年九月実習期間を修了し、翌十月ウィーン大学に入学する。

第五章　宿命の女性《ファム・ファタール》 —最愛の妹

詩人の最愛の妹マルガレーテ（愛称グレーテまたはグレートル）は詩人の唯一の女性といってよいだろう。この四つ違いの妹は、写真を見ると詩人と並んで幼い時から、他の兄弟姉妹が見せているような子供特有のあどけない顔立ちではなく、何かデモーニッシュなものを秘めた風貌をしている。ここに詩人とこの妹の間には何か引き付け合うようなものがあることを窺わせる。事実二人は幼い時から互いに気が合い、睦みあって一緒に過ごすことも多く詩人の読むものを妹も読んだ。グレーテは音楽の才能がありプロのピアニストを目指した。したがって二人は芸術的な素質に恵まれており、これもお互いに惹きつけ合う要因をなしていた。

このプロ（コンサート）のピアニストを目指した、妹グレーテはその後一九〇九年ウィーンの音楽大学でパウル・ド・コンヌに師事したが、欠席が多く受験の資格が得られなかった。学業を諦めて十か月程滞在したウィーンから帰郷した。その後またウィーンでピアノの個人教授を受けたが中断した。翌年今度はベルリンの音楽芸術大学でエルンスト・フォン・ドーナニイーに師事したが、これも卒業試験を受けずに止めてしまった。その後トラークル家の家業が傾き学費の支弁がつかず、ついに彼女は学業を諦めざるを得ず、念願のピアニストへの道が断たれてしまった。

彼女は、こうしてピアニストへのキャリアが挫折するに至るのであるが、その他にも様々な不幸が彼女を襲う。早くから親元を離れた暮らし、詩人に勧められたと思われる麻薬による中毒、流産か、もしかしたら堕胎による重篤、離婚、貧窮、そして心の支えであった最愛の兄ゲオルクの死等々、そしてついには自殺。

しかし彼女の性格については、世評は多く芳しいものではない。「全く創造性のない女、詩人よりも活力にあふれ、男っぽく、もしかしたら天才性において優れているが——もちろんすでにその天才性は根腐れしている」（バージル）、「ただ全く無定見な女にずれてしまっている」（マールホルト）、「ヒステリーで情緒不安定な女、そしてきまぐれな、信頼がおけない」（レック）、「問題の多い救いようのない女性、無定見な女、ものに憑かれた、半デモーニッシュな女、半天才、性的なことにおいてはより積極的な女」（シュペリ）（ちなみに彼女と「関係」を取りざたされた人物は、詩人を措いてその親友ブッシュベック、彼女のピアノの私的教師ブーリッッヒ、ブレンナーサークルの一員レック、それにあろうことか詩人の庇護者たるフィッカーもその一人である)、「嫌悪を覚えさせる」(ダラゴ)、「ゲオルクという存在の名残り、影」(ルートヴィッヒ・フォン・フィッカー)、「彼の悪しきコピー、こずるい馬鹿女」(エルゼ・ラスカー＝シューラー)、(ただしダラゴ、フィッカー及びラスカー＝シューラーの言は、兄ゲオルクの死後、絶望的になり、生活の面でも苦境に陥り、なりふりかまわぬグレーテに対するものであることから、差し引いて考えなくてはならないであろう)。

なぜこのように多くの評者が彼女の性格をネガティブに捉えているのであろうか。フェミニストのシュメルツァーはこの点に関して、ゲオルクの場合、その負の面、すなわち、麻薬中毒、アルコール中毒、市民生活に対する不適応等は彼の天才によって相殺されるという考え方があることを指摘する。これはしかし、おそらくダラゴの「トラークルは全くの退廃的人物である。しかし彼自体はきわめて稀な人間である。彼の創造においては徹頭徹尾芸術家である」という言表にその論拠を主に置いているのであろう。したがってゲオルクの退廃は、むしろ、その天才性の証しになるということになる。そしてそれはグレーテを貶めることによって相対的に高められるという論理である。様々な人が様々にグレーテのネガティブな点をやっきになってあげつらうのは、この点にあるとシュメルツァーは結論づける。しかしこの論理はいささか牽強付会のそしりをまぬがれないと思われる。もちろん前述した様々な世評はきわめて不幸な生涯を送ったグレーテを鞭打つようで気の毒に思われるし、そのようなネガティブな点は、多少あったにしても（全くないとは言えないのも事実であろう）酷すぎると思われる。

それでは詩人自身は妹グレーテをどう思っていたのであろうか。しかし二人の間で交わされた書簡は家族の手で隠滅されたこともあり、どう思っていたかについての具体的な証言は少ない。詩人のギムナージウム時代の友人フランツ・ブルックバウァーによると、彼は妹を「最も美しい乙女、偉大な芸術家、まれにみる女性」と言っていたという。また妹に贈った『ボヴァリー夫人』の献辞に「私の愛するかわいいデーモンに」（これが彼女のデモーニッシュな性格の根拠になっている）がある。ともかくゲオルクにとって彼女は最愛の女性であった。彼が彼女にどのような態度を示したかがこの裏付けとなる。例えば、親友ブッシュベックによると、彼は一生涯「思いやりのある、もしくは怒りを込めた心配」をもって彼女を見守っていたという。また戦場で彼の身に万一のことがあった場合、彼の所有にある全ての財産をグレーテに帰するものとする、としている。

妹に

お前がゆくところ　秋となり夕べとなる

樹々の下で響いている青い獣よ
夕べのもの寂しい池

かすかに鳥の飛翔が響く
お前の目の弧の上の憂鬱
お前のとぼしい微笑が響く

神がお前の瞼を歪めたのだ
星たちは夜に探す　聖金曜日に生まれた子を
お前の額の弧を

現代詩においては、その内容において詩人自身の体験そのものであると言えない場合が多いので、この妹即ち詩人の実の妹と取ってしまうわけにはいかないが、詩人の「妹」に対する見方が分かる。特に妹を「青い獣」としているところに。

しかしこの睦みあっていた兄妹も詩人が十四歳、グレーテが十歳の時に引き離されてしまう。それは当時ブルジョワ家庭では、その娘が一定年齢になると寄宿学校に預ける慣わしがあり、それによるものであった。グレーテの姉たちも十三、四歳で親元を離れ遠い寄宿学校に入った。

しかしグレーテはわずか十歳でザンクトペルテンの寄宿学校にやらされた。どうして他の姉たちより三、四歳も若く十歳であったのか。これは母の配慮とされているが、この背景は何であったのか。その配慮には二人を引き離そうとする意図があると想像することは難くない。つまりそこには二人に肉親の関係を超えることが生じたのではないかと推測できる。

血の罪

私たちのキスを交わす臥床に夜が脅かす
どこかで囁く声がする　誰がお前たちの罪をそそいでくれるのと
なお不埒な快楽の甘さに震えながら
私たちは祈る　許してくださいマリア様　あなた様の慈しみにより
水盤から激しい欲情の匂いが立ち上り

罪によって蒼ざめた私たちの額にこころよくまつわる
重苦しい空気の息吹に疲れ果て
私たちは夢見る　許してくださいマリア様　あなた様の慈しみにより

しかしセイレーンの泉は更に声高にざわめき
私たちの罪のスフィンクスは更に暗くそば立ち
私たちの心臓がさらに罪深く再び響く
私たちはすすり泣く　許してくださいマリア様　あなた様の慈しみにより

この詩のタイトルを「血の罪」と訳したが、正しい意味は「殺人罪」である。しかしこの詩にはなんら殺人罪を示す言葉が見つからない。簡単に言うと、男女が愛を交わし、それを罪と感じ、その許しを聖母マリアに乞うている、という内容の詩である。なぜ男女が愛し合うことが罪と感じるのか。許されない愛であるからである。その根拠はタイトルに求められる。タイトルの「血の罪」は原語ではBlutschuldで「殺人罪」を意味するが、分解するとBlutは「血」で、Schuldは「罪」を意味する。したがって直訳すると「血の罪」となる。これは近親相姦を指すのではないかという推測が成り立つ。しかし近親相姦を意味する語は他にある。それはBlutschandeと言う。直訳すると「血の恥辱」となる。もしこの詩が近親相姦を内容とする詩であれば、詩人がどうしてこの語を使用しなかったのか。この語ではあまりにも直接的に過ぎると思ったのか、あるいは隠そうとしたのか、それは分からない。しかし後の詩にこういう箇所もある。

暗鬱な樅の木々の下で
二頭の狼は　その血を混ぜ合わせた
石のように抱き合って　金色のもの　（『受難』）

しかしこの部分が草案では、

暗鬱な森の中で　二頭の狼
私たちが　私たちの血を混ぜ合わした　石のように抱き合って

と「私たちが　私たちの血を」があった。これを抹殺したのは、やはり隠そうという意思が働いていたことを推測させる。「血を混ぜ合わせる」ということが「血の罪」の具体的行為と考えられる。近親相姦であれば、確かに「血の罪」すなわち「同じ血の者が犯す罪」ということになる。そして「血を混ぜ合わせた」結果、つまり受胎となれば尚更である。後にベルリンで結婚した後、流産のために重態になっていた妹をトラークルは見舞いに行くのであるが、この流産した児が詩人の子であるという恐るべき憶測のあることも付け加えておく。そのために流産したのではなく堕胎したという憶測も同時にある。しかし流産は長年にわたる麻薬の摂取によるものであるという見方は頷けるものがある。謎にみちた詩人の手紙、校訂版全集では一九一三年の十一月末にウィーンから出されたとしている（これにはザウアーマンの異論があって、それによるとこの書簡は翌一九一四年四月の一日から二日にベルリンから出されたとされている）フィッカー宛の手紙に次のような記述がある。

「そしてその他にも最近、その影からもはや生涯逃れることができないほど私にとって恐ろしいことどもが起こりました。」

このいろいろと憶測を呼び起こす「恐ろしいことども」というのは何か。後に詩人の庇護者であるフィッカーは、翌一九一四年三月トラークルが、妹が重態に陥っているベルリンからフィッカー及びカール・ボロメウス・ハインリッヒに宛てた手紙が、これに関係していると記している。事実双方の手紙は、妹グレーテのことに触れている。

一方これに関して次のような推測もできる。それは流産したグレーテの子は、当時ベルリンにおいてグレーテと親密な関係にあったブーリッヒとの間の子の可能性もあるということである。彼は音楽教師でグレーテが彼に師事していた。そして彼女がランゲンと結婚して（一九一二年七月）およそ一月後彼に詩人の詩を幾つか贈っている。ランゲンのグレーテに対する離婚訴訟は彼女のブーリッヒとの不倫が原因であった。この裁判にブーリッヒも出頭した。「彼女は一日中一人ぼっちであった」とトラークルの手紙にあるが、これはこの「流産」した子が、ランゲンが自分の子ではないことを知っていてグレーテが重態であったにもかかわらず見舞わなかったことを裏書きしている、という推測も成り立つ。ちなみにこのブーリッヒは後年ジョン・ケージを教えている。

トラークルは、ウィーンの大学に学ぶために故郷の町を離れる前に、妹に贈ったフローベールの小説『ボヴァリー夫人』の献呈の辞「千夜一夜物語の最も深遠なメルヒェンから立ち現れた、私の小さな愛のデーモンに、思い出に、ゲオルク、ザルツブルク、一九〇八年の夏に」の「千夜一夜物語の最も深遠なメルヒェン」とは、ある人は、第十一、十二夜の話だとしている。この話は、『第一の托鉢僧の話』で、この僧の叔父の息子が実の妹とある墓の円蓋の下へ入って行ってしまった。このことを僧は黙っているように言われていたが、しかし叔父が、息子がいなくなって大変悲しんでいるのを見て、黙っていられず真相を打ち明けてしまった。そして二人がその墓の円蓋の下に入って行って見ると大広間があり、その真ん中に寝台があって、その上に抱き合った男女の真っ黒な炭と化した屍があった。それは叔父の息子と娘の変わり果てた姿であった。

後にすでに死を覚悟した詩人自身、フィッカーに宛てて次のように書いている。

「最後に私はなお付け加えたい。私がもしもの場合は、私が所有しているお金またその他の財産を全て私の愛するグレーテのものにしてほしいのが私の願いであり意志なのです。」

このことによって妹を詩人が愛していたことは事実であるが、それがかろうじて肉親愛に留まっていたのか、否かは断定できない。フィッカーは、詩人のみならずグレーテの死後ある若いトラークル研究家の質問（トラークルと妹グレーテとの関係は、実際はどうであったか）に対してグレーテは「私に告白した」と答えている。「告白」は普通に考えると兄との近親相姦ととれる。それがなかったと「告白する」というのは考えられない。次のようなもってまわった暗示に富む謎めいた返事をしている。

「トラークルの彼の妹に対する悲劇的な関係 ―― 言わば自分自身の血に対する関係における自己破壊 ―― は彼の文学から読みとれる。「中略」自らの罪を意識して肉と血における彼の絶望の似姿に対して犯した。それについてはトラークル自身は沈黙を守った。しかし彼の死後、彼と彼女自身の、今や影でしかない妹は、絶望的な自己排斥欲求にかられながら――彼女はやはりその後自殺した――それについて「中略」自らの家系、したがってその呪いのさなかにある家系の内部で性を混合することによって悪においてたがいにあい知り、担い合い、止揚するように兄と妹を駆り立てた認識のこの大喀血を私に打ち明けた。「中略」このことについて私が述べるのはこれが初めてです。」

しかし当時のグレーテは兄を失い悲嘆に打ちひしがれ、貧窮の上麻薬中毒になり精神状態がおかしく「告白」に信用が置けないという見方もある。

たしかに兄の死の知らせを聞いたグレーテの悲嘆は大きかった。幾つかの書簡に妹の様子が記されている。

「私は夜中までゲオルク・トラークルの妹さんの許におりました。とても彼女は絶望してしまっていて私は立ち去る決心がつきませんでした。「中略」可哀そうな妹さん。彼女がどんなに苦しんでいるか言うことができません。」（一九一四年十一月十三日付のエルゼ・ラスカー＝シューラーのフィッカー宛）

本人が夫ランゲンのフィッカー宛の手紙に書き添えている。

「私の兄の死は実に恐ろしい。神様、直ぐにでも私に待ちこがれている救いである死を給わんことを。」（一九一四年十一月十九日付）

また本人の彼女の姉宛の手紙では、

「どうなるものだか分かりません。なるべく早く死が私を救ってください。」（一九一四年十二月二十三日付）

これらの記述をみるとその衝撃がいかに大きく、グレーテがいかに兄をたよりにしていたかが如実に分かる。グレーテはその後三年程兄を失った悲しみに耐えつつ麻薬中毒に苦しみながら生き、ついにピストル自殺を遂げるのである。

いずれにせよ、詩人と妹グレーテとの関係はトラークル家ではタブーで二人の間で交わされた手紙は家人の手で隠滅された。このことがまた更なる憶測を呼ぶことになる。

しかし親友で身近にいたブッシュベックは、カール・レックに宛てた手紙で「トラークルは彼の妹グレーテとの間に、これに関していくつかの詩にある近親相姦のようなものはけっして無かった……」と述べている。

また最近トラークル記念館長のヴァイクセルバウムは、妹グレーテには虚言癖があり、フィッカーに告白したことも真実でないとし、トラークルの近親相姦的モチーフは詩人の強迫観念のなせる業であろうと言っている。様々な傍証を挙げたが、われわれはその確証が出ない限り、それ以上はこのことに関して口を噤むべきであろう。

しかし詩人にとってグレーテは最愛の女性であったという事実は揺るぎない。詩人は他の女性との関わりは全くないと言ってよい。彼女はその意味でも詩人の生涯における唯一無二の文字通りの宿命の女性（ファム・ファタール）と言える。

トラークルの詩においては Schwester（英語の sister と同じように妹あるいは姉を意味し、また看護婦、尼僧の意味もある）は、重要なファクターの一つとなり、彼女が詩人の許を離れるとともに Schwester は次第に変容して個的な性格を失い最後には女神のような形姿を示すのである。

しかしこの件に関する由々しい問題は、詩人と妹グレーテに主に関心が向けられ、詩を解釈する場合も二人の関係が先ず前提にされがちであることである。この点にはいくら配慮してもし過ぎることはない。

第六章　大都市の狂気

トラークルは一九〇八年の九月末にオーストリア・ハンガリー帝国の首都ウィーンに行き、十月五日ウィーン大学に学籍登録をした。同日付の次姉ヘルミーネ・フォン・ラウターベルクに次のような注目すべき手紙を送っている。

「……この数日間に私の身に起こったことを観察することは、私にとって十分興味深いものでした。というのも、私が自分のあらゆる素質を考慮に入れるならば、これは私には普通のことでもない、にもかかわらずまたそんなに異常とは思われないからです。私がここへ到着したとき、まるで生が初めてあるがままにはっきりと、あらゆる私的な解釈なしに、赤裸々に、前提もなしに見えるかのように思えました。まるで現実が話すあらゆるあの声、恐ろしい声がこと細かに聞き取れるように思われました。そして一瞬私は人間の上に普通のものとしてのしかかる圧迫めいたものと運命が駆り立てるものを感じました。

私は、その時々を通じて生を押し動かしてゆくあらゆる動物的衝動を完全に意識して、このように常に生きていくことは恐ろしいに違いないのではないかと思うのです。私は自分の中に何とも恐ろしい可能性を感じとり、嗅ぎ取り、触れました。血の中にデーモンが吠えるのを聞きました。肉を狂わせる棘のあるおびただしい悪魔を。なんという恐ろしい悪夢なのだ。

過ぎ去った。今日この現実のヴィジョンは無に帰した。そうした物は遠くなり、それらの声は更に遠ざかった。私は、完全に生き生きとした耳は、自分の内にあるメロディーに再び聞き耳を立てています。生き生きした目はあらゆる現実より美しいその映像を再び夢見ています。私は覚め、私の世界にいます。私の全き、美しい世界、無限の佳音に充ちた世界に。」

これを詩人の精神病的な症状が発現したと捉える向きがあるが、むしろ正常な反応であって、人一倍鋭敏で繊細な人間の内面的状況の正直な告白ではなかろうか。今まで静かな地方都市にいて内面的な調和を保ってきた人間が大都市の只中に投げ出された時、その調和が大都市の暴力的な刺激に富む諸力によってかき乱され、詩人の全感覚が捕らえられ、生が「あらゆる私的な解釈なしに、赤裸々に、前提もなしに」呈示されるのは肯けることである。この心的状況をヴァイクセルバウムは、「慣れ親しんでいた身の回りのコートが剥がされた」と言っている。そして同時に内なる動物的衝動が掻き立てられる。このように大都市ウィーンの影響は大なるものがあったが、それにも慣れ、前の自分自身を、自らの世界を取り戻したのであった。

社会学者ゲオルク・ジンメルは、その著『大都市と精神生活』において大都市の現象の人間の心理に及ぼす影響を論じている。「大都市の典型的個人のよってたつ心理的基盤は神経生活の亢進であり、これは外的及び内的印象の間断なき交替から生ずる。」

カフカはヤノーホの『カフカとの対話』において「私は眼の人間だ、しかし映画は観照を妨げる。運動の速さと交替は人間を絶えず見るように強いる。視線が映像を捉えるのではなく映像が視線を捉えるのである。映像が意識を溢れさせる」と述べている。この感想において、当時ようやく大衆化された映画の人間の視覚機能に及ぼす危険な影響が的確に捉えられている。つまり映画は観照という主体的な視覚の態度を許さず、逆に映画が主体的に視覚に働きかけてくるわけである。この文の「映画」の箇所にそのまま「大都市の速やかに交替する現象」を置き換えてもさしたる齟齬が生じないであろう。現代人はこの速やかに交替する大都市の現象に慣れきってしまっているためにトラークルの感じたような反応には疎くなってしまっているが、やはり大都会は本質的に不自然な世界であろう。

黙《もだ》した者たちに捧ぐ

おお　大都市の狂気　そこでは夕べ
黒い壁に沿うねじけた木々がこわばる
悪の霊が銀色の仮面から眺めている
光が磁力ある鞭で石のような夜を押しのける
おお　夕べの鐘の沈んだ響き

娼婦　寒気に身震いしながら死児を産む
神の怒りは憑かれた者の額を激しく鞭打つ
深紅の疫病　緑の眼を潰す飢餓
おお　金の厭わしい笑い

しかし静かに血を流しながら暗い穴蔵でひときわ黙《もだ》した人々が
硬い金属から救済する頭《こうべ》を組み立てているのだ

これは後年（一九一三年秋）の作品であるが、暗示性豊かな様々なメタファーや形象を駆使し、独特で斬新なイメージに満ちた詩で大都市なるもののネガティブな様相を鮮やかに感覚的に簡潔に描き出している。例えば、光は本来はポジティブであるが、ここではネガティブに捉えられる（第一詩節第四詩行）。なぜならそれは人工の光であるからである。したがってそれは「磁力ある鞭」となるわけである。また色彩の効果的使用にも瞠目させられる。「深紅の疫病」、「緑の眼を潰す飢餓」、「金の厭わしい笑い」。

トラークルは徹頭徹尾都市の、特に大都市の憎悪者であった。この詩の背景は必ずしもウィーンとは言えないが、詩人は、当時大都市はウィーンしか見ていないのでこの都が念頭にあったのは確かであろう。当時ウィーンには結核、性病が蔓延し、また多くの者が貧困、飢餓に呻吟していた。また二詩節目の娼婦。ツヴァイクは当時ウィーンには売春がはびこっていたと言う。またトラークルと一時付き合いのあったエーレンシュタインは、この町をその詩『ウィーン』において、「ウィーン、いまし年老いた冷たい、娼婦」としている。トラークルの詩における「娼婦」も大都市の比喩と見なすことも可能である。

しかし大都市においても受苦しつつ厳しい現実の上に立って密かに救済を求めている者たちがいる（最終二行）。トラークル自身も大都市を、ウィーンを忌避、憎悪しながらも何度もウィーンに居を定めようとした。それは表向きは仕事に就こうとするためであったが、そのためばかりではないと思われる。やはりその厳しい現実に向き合い克服しようとする意思が垣間見られる。親友ブッシュベックに宛てた手紙で「ウィーンに行けばもっと酷いことになるでしょう。ここに留まる方が楽でしょう。しかし僕はやはり出発しなければなりません」と述べている。

ちなみに文学者の都市（化）批判は、産業革命が起こり、人口が都市に集中し始めたロマン主義、写実主義の時代からすでに見られる。例えばハイネの『イギリス断章』（一八二八）、イムマーマンの『エピゴーネン』（一八三六）、グリルパルツァーの『リブサ』（一八四八）等。ケラーの『マルティーン・ザランダー』（一八八六）では、主人公ザランダーは、帰った故郷の都市の変貌に驚く。「錯綜しほとんど見渡すことができない石の見本市さながらの建築群が午後の光を浴びてとても静かに輝いているので男はうっとりと見入っていたが交通の騒音によって荒々しく心がかき乱された。（中略）彼はやすみなく建設が進む地にいたずらに昔の小路を捜し回った。」

ニーチェは、その『ツァラトゥストラはかく語りき』（一八八三〜八五）の一章「遍歴について」において、「大都市の猿」に大都市を断罪させている。

ゲオルゲの詩『死せる都市』では、俗衆の地（港湾都市）と精神的貴族の住まう地（山上の要塞）とが截然と区別されている。前者では物に値段をつけ、夜は騒ぎ回る。これに対して後者では、零落して時代から忘れ去られているものの、静寂に包まれ、貧しいながら輝ける精神に充ち溢れている。要塞を訪れた俗衆は崇高な精神を与えてくれれば宝物を差し上げると申し入れるが、要塞の住民に即座に拒否され、俗衆に仮借ない言葉が投げつけられる。「お前たちは死に価する。もうお前たちは数からして忌まわしい」と。

リルケの大都市批判は、大地に根ざして生きるロシア人に感銘したロシア旅行後に成立した『時禱詩集』にすでに見られる。「大都市は真実ではない」と直截に批判する、というのは「大都市は昼と夜と動物と子供を欺き、その沈黙が偽り、大都市は騒音と快い物で偽るからである」

一方しかし大都市化が急激に進展した時代に青春を迎えた表現主義の詩人たちは大都市(化)を真っ向から問題化し、詩において彼らは、特にゲオルク・ハイム、ヨハネス・ベッヒャーは、大都市の諸現象に触発されて、それらを詩の新たな素材あるいは機縁として大都市そのものを再現するのではなく、ネガティブな可能態としての大都市を造形し、大都市に集約された否定的エネルギー、更には時代の危機的雰囲気——「表現主義の十年」に第一次世界大戦があった——を敏感に感じ取り、これをイメージ化、更にはヴィジョン化したことである。それらのイメージ、ヴィジョンは衝撃的で運動性に富み、幻想的で、それまでの文学には類例がない。例えばハイムの『諸都市の魔神たち』(一部)を挙げると、

魔神の一人が立ち上がる　白い月に
彼は黒い仮面を被せる　鉛のように
闇黒の空から降りて来る夜が家々を
暗い坑の中へ深々と押し込んでゆく

諸都市の肩がめりめりと砕ける
破れる屋根　そこから赤い炎がゆらめく
彼らは棟に股を開いて座り
そして猫のように天空に叫ぶ

しかし魔神たちは巨大なものに成長する
彼らの顳《こめかみ》の角が空を赤く引き裂く
地震が諸都市の胎をどよもす

彼らの蹄のまわりに炎が燃え上がっている

このような詩に比べてトラークルの大都市詩は、その表現においておとなしいが、むしろ深く時代精神に関わっていると言える。

詩人はウィーンについて余り述べていないが、前に挙げた長姉への手紙で、ザルツブルクを讃えた前半とは対照的にウィーン人を批判してこう書いている。

「ウィーン人は私には全く気に入らない。愚か者で、くだらないし、また下劣な性格を、数限りなく、不愉快な人の良さの背後に隠している民族だ。私は人柄の良さを不自然に強調するほどむかつくものはない。市街電車では車掌が人になれなれしく近づくし、レストランでは同じようにウェーターが、等々だ。至る所で極めて恥知らずに渦をなして近づいてくる。そしてこれら全ての謀殺の企ての最終目的は――チップなのだ。私はすでに全てにそのチップ規定があるのを経験する羽目になった。この厚かましい南京虫は真っ平御免だ。」

後の書簡にウィーンに投げかけられた「この穢れた都市」という言葉が見受けられる。

当時のウィーン、かつては世界帝国を誇示したハプスブルク家の支配するオーストリア＝ハンガリー二重帝国の首都が詩人にとってどうであったかをオットー・バージルはこう言っている。

「ウィーン、オペレッタのテノール歌手にひれ伏し、最も表面的な物に感激し、あらゆる芸術的な事に関して極めて反動的な、あるいは——これがもしかしたら更に悪いことかもしれないが——極めて因襲的で、精神に敵対するこの都市は、彼にとっては哀しみ極まりない衰滅と来るべき没落の金ぴかに輝くシンボルに過ぎなかった。」

この当時、ウィーンは「ウィーン世紀末」（「世紀末」という呼称はフランス語に由来し、ドイツ語圏では少し遅れて二十世紀の初頭までを含めて「世紀転換期」と言う）の時代にあり、この都市は、帝国が瓦解しつつあるにもかかわらず、——むしろそうであるが故にと言えるかもしれない——二十世紀の新しい政治、思想、文化、芸術の震源地であった。クラウスによれば、ここは「世界没落の実験場」であったが同時に良くも悪くも「世界創造の実験場」だったと言うこともできよう。一九七〇～八〇年代ウィーンブームを巻き起こしたショルスケの著『世紀末ウィーン』において当時のウィーンは「最も生産的な孵化場の一つ」と述べられている。

二十世紀の政治の世界的指導者たちもこの時期、この町に滞在した。トロツキーは、ロシアを亡命後、一九〇七年十月から十四年八月までこの地に滞在し、『プラウダ』を発行し、これがロシアに送り込まれた。彼はトラークルも訪れたカフェ・ツェントラールの常連であった。彼の後の政敵スターリンも一九一三年数週間滞在し、ここで民族問題について研究して『マルクス主義と民族問題』を著わした。またレーニンやムッソリーニもこの町を訪れている。そして周知のようにヒトラーは、一九〇八年二月から一三年五月（詩人の滞在はこの時期に含まれる）までこの町に暮らした。彼は画家になろうとこの町に来たが、美術学校の入学試験に落ちた後定職を持たず、暗い青春の一時期を過ごし、当時のウィーンにおけるユダヤ人問題から後年のユダヤ人に対する基本的な態度が培われたのであった。その著『わが闘争』において「ウィーンはわが人生の学校だった」と述懐している。ちなみにナチスに第三帝国の預言者として讃えられたヒューストン・チェンバレンがウィーン滞在時に『十九世紀の基礎』を執筆している。彼はこの書でドイツ人の優秀性を説くとともにユダヤ人を貶めた。ヒトラーと対照的にユダヤ人ヘルツルがイスラエル建国に繋がるシオニスト運動を起こしたのもこの町でウィーンの反ユダヤ運動に接したためであった。日本人の母を持つ「ＥＵの父」グーテンホーフ・カレルギーは当時ウィーン大学の学生であった。おそらくその「汎ヨーロッパ」の考え方は、この多民族国家を抜きにしては考えられないであろう。

またこの都市は新しい学問、芸術の「孵化場」でもあった。無意識の世界を初めて明るみに引き出したフロイトがここでその理論を紡ぎだした。この契機になったのは、ウィーンにおける倫理における二重のスタンダードであった。このフロイトに学んだアルフレート・アードラーもいた。その個人心理学は現代において一層もてはやされている。従来の哲学に対して破壊的とも言える問題提起をした、現代思想の基底の形成者の一人であるヴィットゲンシュタインがいた。彼はユダヤ人の大事業家の息子としてこの町に生まれ、後にトラークルに関わりを持つに至る。また画家では、ウィーン分離派を結成したクリムト、表現主義のシーレ、またトラークルと交友のあったココシュカと建築家のロースがいた。彼はその著『建築と犯罪』において装飾を犯罪と断罪した。機能的な現代建築の創始者だった。この考えに至ったのは、やはりリング通りに沿って立ち並ぶ国会議事堂、国立歌劇場、美術史美術館、市庁舎、大学のような、壮大ではあるが、装飾過剰な、過去の諸様式を模倣したウィーンの建築がその底にあったことは否めない。その他純粋法学を確立したハンス・ケルゼンが当時ウィーン大学の学生であったし、物理学ではアインシュタインの相対性理論に影響を与えたエルンスト・マッハがウィーン大学教授であった。彼の感覚重視の思想はトラークルの詩に通底しているように見える。

またモーツァルト、ベートーヴェン、シューベルトの活躍したこの町は、依然として「音楽の都」であった。ブラームスやブルックナー、シュトラウスは少し前に没していたが、マーラー及びその門下で現代音楽の十二音音楽のシェーンベルク、ベルク、またトラークルの幾つかの詩に曲をつけたウェーベルンがいた。

文学では現代文学の一つの主潮、ジェームス・ジョイス、ヴァージニア・ウルフ、プルースト等の文学的手法「意識の流れ」に繋がる「内的独白」の手法を初めて取り入れたシュニッツラー、また現代における言語危機をいち早く感じ取ったホーフマンスタール、また二十世紀前半の最も問題を孕んだ大作の一つ『特性のない男』を書いたムージル（ムシル）やヘルマン・ブロッホがいた。更にはプラハ生まれの二人、現代詩の代表者の一人リルケと現代文学の革命家カフカも一時この町に滞在した。

この十一の民族から構成された多民族国家の首都は多くの民族の坩堝であった。この町ではユダヤ人にも自由が与えられ、多くの地方から流入した。一八八四年にはその数二、三千人であったが一九一〇年には一七万五千人にまで増加した。その結果彼らが経済を支配することになった。そしてその中から経済界で台頭する有力なユダヤ人が輩出した。例えばヴィットゲンシュタイン家も鉄鋼業で財をなした。そして彼らは帝国に忠誠を尽くし、そのユダヤ人実業家の中には貴族に列せられるのも出た。しかし彼らは財を積み大きな力を持つに至ったので逆にこの都市はユダヤ人排斥運動の世界的拠点になっていた。

ちなみにトラークルのユダヤ人観はあまり分からない。これにはほとんど言及していないが、ある葉書に次のようなアフォリズムがある。

「ユダヤ人がセックスすれば毛じらみをもらう。キリスト教徒は全ての天使が歌っているのが聞こえる。」

この下にトラークルの署名があり詩人が書いたものとみなされている。そうすると当時彼はユダヤ人に対して差別感を抱いていたということができるが、その下に並んでカール・ハウアーの署名もある。むしろ「その皮肉、奇矯な身なり言動でザルツブルクの一般市民を驚かす人」であった彼が自ら書いた可能性もある。ともかくトラークルの「表現」とは思えない。

後年インスブルックで知り合ったカール・レックが反ユダヤ的な非難の言葉を口にしたときに示した詩人の態度をレック自身が次のように日記に記している。

「彼は辛抱強くそして確かに思いやりのある態度で聞き入っていたにもかかわらずその後、純粋に人間的に ―― 私はこころがこもったと言いたいが ―― 私を恥じ入らせるに相応しい抗議をした。彼にとっては人種の違いなど、つまるところどうでもいいことであったのだ。」

当時のウィーンで活躍した文学者や芸術家の多くはユダヤ人かユダヤ系であった。世紀転換期のウィーン文化はユダヤ人抜きには考えられない。その主な者を挙げれば、シュニッツラー、アルテンベルク、ホーフマンスタール、クラウス、ツヴァイク、ブロッホ、マーラー、シェーンベルク、ココシュカ、シーレ、ロースがそうであった。この内トラークルが主として交わったのはクラウス、ココシュカ、ロースであるが、こうした人々とユダヤ系として意識して付き合った形跡は認められない。特にクラウスに対しては尊敬を払っていた。

トラークルのウィーン体験の意義は、クラウスと並んでロースやココシュカ等前衛的な芸術家との交流によって刺激を受けたこと、またこの地でなお一層退嬰化し、衰微、没落してゆく世界を確信し、それが彼の詩に反映することになった。前に挙げた『黙《もだ》した者たちに捧ぐ』がその好例である。

トラークルは、この町に一九〇八年十月から十一年の九月まで三年間暮らした。その最初の二年間はウィーン大学の学生として。後の一年は帝国第二軍衛生部において志願兵として兵役に就いた。彼のここでの暮らしは、そう快適なものではなかった。ある書簡で次のように記している。

「私は最近住まいを変えた。今のところヨーゼフシュテッター街の小部屋に住んでいる。これはトイレの大きさしかない。秘かに私は恐れている。この中では馬鹿になるんじゃないかと。暗鬱で小さな明かり取りの中庭が眺められる——もし誰かが窓から外を見れば、絶望のあまり石のように立ち尽くすであろう。」

詩人はウィーンでたびたび住居を変えている。トラークル商会も傾きかけ仕送りも十分でなかったことにもよるが、当時のウィーンの住宅事情が反映しているようだ。この時代ウィーンには帝国の各地から多くの人々が流れ込み、人口が爆発的に急増した。一八五八年に四八万人に過ぎなかった人口が一九〇〇年には一六五万人に膨れ上がり一九一〇年頃には二〇〇万人を超えた。その結果住宅が極端に不足した。そのため間借り人が自分の借りている部屋のベッドを人に貸すということも珍しいことではなかった。これを借りる人はベットゲーァー（寝に行く者）と言われた。それどころか橋の下や下水道を住処とする者も少なからずいた。ヒトラーも『わが闘争』においてウィーンにおける住宅の貧窮について述べている。

詩人はウィーンに来た当初は、その物怖じする性格から付き合いはほとんどザルツブルクのギムナージウム出身の同級生等に限られていた。文学はほとんど話題に上らない、酒の付き合いが多かった。またウィーンと言えば、音楽と演劇の町であり、ヒトラーも演劇に熱中したが、余りそうした楽しみにも関わらなかった。ただマーラー指揮のワーグナーの楽劇『トリスタンとイゾルデ』を観たことは伝えられている。この町の詩人や芸術家とも関わりを持とうとはしなかった。しかし親友ブッシュベックが翌一九〇九年ウィーン大学法学部に入学するために首都に来たことによって事情は変わる。彼は詩人を帝都においてデビューさせようと様々な努力をする。そしてついに、自然主義から印象主義、象徴主義、表現主義に至るまでの新しい文学的主潮を次々と代弁した文芸批評家であるヘルマン・バールにブッシュベックはトラークルの詩の鑑定と推選をしてもらい、当時帝国内で最も読まれていた新ウィーン・ジャーナル（新聞）に三つの詩『ある通りすがりの女』、『完成』、『想い』を掲載するよう働きかけ、実現した。

想い

私の幼き日々のうち失われないものは
鐘の響きへの
すべての教会の暮れてゆく祭壇への
そしてその青い丸天井の空の彼方へのひそかな想いだ

オルガンの夕べの調べへの
広い広場の暗くなりつつ消えてゆく響きへの
それに泉のさざめく音への想い　やさしく微かに

そして甘やかに　口の回らぬ幼子の言葉のような
私には夢見つつ静かに手を合わせる自らの姿が見える
そしてとっくに忘れた祈りの言葉を囁くのが
そして早くからの憂鬱が私の眼差しを曇らせるのが

そのとき縺れあった人々の姿の中から
一人の女の姿がほのかに光って現れる　暗鬱な悲しみに縁どられて
そしてその杯からいかがわしい戦慄を私の裡に注ぎ込む

その六日後この三つの詩は、故郷ザルツブルクの新聞、ザルツブルク民報にもコメント付で掲載された。そのコメントは次の通りである。

「我々はすでに繰り返し一人の若いザルツブルクの詩人の習作を公にするチャンスがあった。それらは全て、感覚の深さ、芸術的表現の固有性、言葉をすぐれてマスターしていることが目に付く。しかし他方ある種の憂鬱な気分も示している。この詩人の名はゲオルク・トラークルで我々の町の息子である。この若い男の名を覚えておくとためになるだろう。というのはここに我々は全く疑いもなく大変才能のある人間と関わりを持つことになるからである。」

ウィーンでの詩人の生活を垣間見ると、行きつけの酒場によく通ったことはもちろん休日には、ウィーンの森に出かけホイリゲ（その年のワイン）を楽しんだり、ブッシュベックたちとプレスブルク（現在のスロヴァキアの首都ブラティスラヴァ）に遠出した。また映画『第三の男』で有名な、ウィーンの公園プラーターにも遊びに行った。これにはグレーテも同道したこともあった。彼女はピアニストになるために首都に来ていたのであった。プラーターで作られた二人の切り抜き影絵が遺されている。

この時期におそらく詩人はグレーテに麻薬を覚えさせたものと思われる。グレーテはブッシュベック宛の手紙で

「私は麻薬のことで貴方を悩ませには行きません――私は心から貴方がそれを近いうちに調達されることを望んでいます。」

そのあと謎めいた文面になる。

「私の身に怖ろしいことが起こりました。ゲオルクの顔つきと気分から貴方は私の苦しみの一部の微かな反映を見てとれます。」

ブッシュベックの紹介で次第にウィーンの詩人や芸術家との付き合いが始まる。彼らが

落ち合ったのは、主に文学カフェであった。ウィーンのそれは独特のものであった。上等なカフェには世界の多くの新聞が備え付けられ、また文芸雑誌や芸術雑誌を、更には百科事典を備え付けている店さえあった。客はコーヒー一杯で何時間でも居座っていてよかった。文士や芸術家、政治家たちの、とりわけ貧しい彼らの格好のたまり場であり、情報交換の場でもあり、更には新しい文学・芸術・政治の発信地でもあるカフェもあった。その最も有名なのは、先ずグリエンシュタイドルでここにはヒトラーに影響を与えた、反ユダヤ主義者の政治家シェーネラー、それにあろうことかユダヤ人でシオニスト運動の創始者ヘルツルもさかんにここに出入りした。またトラークルの詩を初めて新聞に掲載させたバールと「若きウィーン派」の人々もここが出合いの場になった。ここで初めてバールが未だ十六歳の若きホーフマンスタールと会った話は有名である。以後このカフェに主に出入りしていたのは、バールを中心にシュニッツラー、またカフェに入り浸り、ここを住まいとしていたと言ってもよい代表的なカフェ文士ペーター・アルテンベルク（彼は住所をここに置いた。自宅はただ寝る場所だった）、他にディズニー映画『小鹿のバンビ』の原作者ザルテン、それにカール・クラウス等が有名である。しかしこのカフェは一八九七年に取り壊されてしまっていたので、トラークルには関係がない。

グリエンシュタイドルを継いだのはツェントラールであった。常連客はバール、シュニッツラー、アルテンベルク、ホーフマンスタール、クラウス、ザルテン等グリエンシュタイドルと同じ顔ぶれの他に表現主義の画家ココシュカ、フロイト、『性と性格』の著者でトラークルにも影響を及ぼしたヴァイニンガーがいた。また亡命中のトロツキーが変名ブロンシュタインとしてここで常にチェスをしていた。その他『マリー・アントワネット』の著者シュテファン・ツヴァイクやフランツ・ヴェルフェルも時折姿を見せた。トラークルも主にブッシュベックに連れられてであるが、ここに現れた。

トラークルが出入りしたもう一つのカフェは、ムゼーウムであった。これは建築家ロースが開いた店である。他にここに顔を見せた文学者としては、ムージル、ブロッホ等がいた、クリムト、ココシュカ、同じ表現主義のシーレ等ウィーンを代表する画家たち、音楽家としては、オペレッタの代表作『メリーウイドー』の作者レハールがいた。

トラークルは積極的にカフェを利用していたわけではなかったが――酒好きの彼はむしろウルバニケラーのような居酒屋を好んで訪れた――カフェでクラウスをはじめ多くの詩人や芸術家に会って交流を深め合い、刺激し合ったことは確かである。ただカフェで詩作したことはあまりなかったのではないか。カフェに入り浸っていたアルテンベルクさえ物を書いたのは寝るために帰るホテルのベッドであった。ジャーナリストは記事を書いたであろうが、人の出入りの多い喧騒にみちたカフェでは詩作にふけり難い。しかしトラークルの草稿には封筒の裏に書かれたものがあるので、これなどはカフェなど出先で書かれたものと推測できる。

一九一〇年六月十八日に父トビーアスが七十三歳で亡くなる。トラークル商会は、すでに多額の負債を抱え、腹違いの兄が継ぐのであるが、次第に傾いていくことになる。

その七月マギスター（修士）の学位を取得し、大学の課程を修了し、その後一年間ウィーンの帝国・王国軍第二衛生局で一年志願兵として兵役勤務をすることになる。翌年九月現役勤務を終了し故郷ザルツブルクに帰る。そこで就職活動をする。その後大学に入る前、実習生として勤務していた薬局「白天使」で働く。帝国・王国予備軍の官報に予備軍の薬剤官試補に任命されたことが載る。その陸軍省の調査書の人物評には次のように記されている。

「中背でがっしりとした体格、知的な才能に富んでいて堅実な性格、非常に勤勉、きちょうめんで信頼に足る。特に有能で、仲間意識があり、良い交友関係を持つ。」

その間にグレーテはベルリンの音楽大学に通っていたが、彼女が住んだ下宿屋の女将の甥であるアルトゥール・ランゲンなる、三十四歳も年上の男と知り合い、一九一一年のイースターには婚約した。しかしグレーテはまだ未成年（十九歳）なので結婚には後見人の承認が必要であった。後見人として母と商会を引き継いだ異母兄ヴィルヘルムがなった。

しかしベルリンまで訪ねて行って妹に会えなかった兄はランゲンが妹を隠したのだ、と怒り後見人を辞めてしまった。これに代わって後見人になったのは他ならぬ詩人であった。ヴァイクセルバウムは「トラークルは、妨げることができなくても、できれば拒否的な態度をとって引き伸ばそうとしたかったろう」と言っている。反対していた母が折れて承認された。

おそらくランゲンがグレーテの音楽の勉強を続けさせるということで渋々認めたのであろう。当時トラークル家の家計はますます厳しいものになっていたのであった。

そして二人は翌年七月ベルリンで式を挙げた。

第七章　アルプスの麓で

トラークルは一九一二年三月末からオーストリア西部のチロル州の都インスブルックの帝国・王国第十陸軍病院の薬剤官試補として六ヶ月間の試用期間の勤務に就くことになる。そして赴任して間もない頃ウィーンにいるブッシュベックに宛てて次のような手紙を送っている。

「私は、この元々すでに苦しい時を、この罪を負っていて呪われている世界に存在している最も野蛮で卑俗な町に過ごさねばならないとは思いもよりませんでした。見知らぬ意志がもしかしたら十年間ここで私を悩ませるのではないかということを考え合わせますと、これ以上もない絶望の涙に打ち震えるほかはありません。何のための嘆きか。私は結局のところ常に哀れなカスパル・ハウザーのような者であり続けることでしょう。」

やや大げさな表現と言えるが、まだ誰も親しい人がいない異郷の地からの詩人の親友ブッシュベックへの悲鳴が聞こえる。またトラークルが下宿したのはインスブルックの場末の労働者居住地域で、ならず者が多く、工場とその煙突からの煤煙に特色づけられる所で、おまけにその時期天気が悪く、良いワイン酒場も見つからなかったことも影響しているであろう。ここにカスパル・ハウザーが登場するが、この人物はヨーロッパでは有名で「ヨーロッパの子」と称せられる実在の人物であった。彼に関する文献の数はゲーテやナポレオンに匹敵する。偉人というわけでないのに何故このように人の関心を呼ぶのかは、この人物の謎めいた出自と生涯であった。

一八二八年五月二十六日、ドイツのニュルンベルクに突然現れ、五年後の一八三三年十二月十四日アンスバッハで何者かの手によって暗殺された一人の正体不明の孤児がカスパル・ハウザーであった。現れた当時十六歳から十八歳位のこの少年は、政治的陰謀によって誘拐、監禁されていたバーデン大公国の公子という説（これは一九九七年に、二つの研究機関がＤＮＡ鑑定したところカスパルが殺された時着ていたシャツに着いた血痕と大公の子孫の血液のサンプルの間には何らの遺伝的関連も見出せないという結論に達し否定された）もあって謎が謎を呼んだ。この人物に関心を寄せたのは、一般民衆のみならず、哲学者、宗教家、倫理学者、とりわけ教育学者であった。ほとんどしかるべき時期にしかるべき教育を受けなかった上に、全く外界から隔絶されて（おそらく地下牢のようなところに監禁されていたものと思われる）育った少年がどのようにこの社会に反応し、適応するかが狼に育てられた少年のように教育学者の関心をそそったのであった。

この類い稀な存在は、文学者にとって格好の素材となった。彼に取材した文学作品は枚挙にいとまがないほどであるが、主なものを挙げると、ヴェルレーヌの詩『カスパル・ハウザーが歌う』、ヤーコプ・ヴァッサーマンの『カスパル・ハウザー　あるいは心の懈怠』、リルケの『少年』、現代では、ノーベル文学賞受賞者のペーター・ハントケの『カスパル』がある。なお一度ならず映画化もされ、ニュージャーマンシネマの旗手の一人ヴェルナー・ヘルツォークの『カスパル・ハウザーの謎』もその一つである。これが多くの文学の素材となったのは、この謎に充ちた存在が想像の翼を広げるに相応しい対象であり、自分なりの解釈を施すのに格好のものであるからであった。トラークルにもこの人物をテーマにした作品がある。

カスパル・ハウザーの歌

彼は真に愛した　緋色をなして岡を沈んでゆく太陽を
森の路を　歌うクロウタドリを
そして森の歓びを

第七章　アルプスの麓で

木陰に彼は真摯に住んだ
そして彼の顔は清らかだった
神はやさしい炎を彼の心に吹きかけて言った
おお　人間よ

夕べ　静かに彼の歩みは町を見出した
彼の口を洩れる暗い嘆き
私は騎手になりたい

一方彼を繁みと獣が追った
白い人間たちの家と黄昏れる庭
そして彼を殺める者が彼を探した

春と夏そして義《ただ》しき者の秋は美しい
かすかな足音が

夢見る者たちの暗い部屋べやの傍らを過ぎた
夜ごと彼は孤りおのが星とともにいた

雪が枯れ枝に降りかかり
そしてたそがれる玄関に殺める者の影がさすのを見た

銀色に沈んでいった未だ生まれざる者の頭《こうべ》

この詩は前に挙げたヴァッサーマンの『カスパル・ハウザー　あるいは心の懈怠』の影響があるが、詩人独自の解釈が施された作品である。それは特に史実との相違によって認められる。つまりそこに詩人の美学や考え方が浮き彫りにされ、更にはトラークルがこの人物に託した思いが見てとれるからである。

カスパルは先ず自然と宥和した、真摯で清らかな存在と捉えられる。そこで神も彼こそ本当の人間であると言う。「森の歓び」が分かりにくいが、これは自然を人間だけの歓びとして利用、享受するのではなく、自然自らの歓びを歓びとする、と解釈できるだろう。つまり自然と共生して歓びを分かち合っているわけである。

しかし彼は町へ、つまり文明社会へ行かざるをえない。それは自ら欲したわけではない。それは「彼の歩みは町を見出した」という表現に示される。ある無意識な力が働いて足が町に向いたわけである。史実では、何者かがニュルンベルクの街中に彼を置き去りにしたので、確かに自らの意志でここに現れたわけではない。これは前に挙げたブッシュベックに宛てた手紙のカスパル・ハウザーに言及した「見知らぬ意志が、もしかしたら十年間ここで私を悩ませることを……」の箇所と符節が合う。そして「私は騎手になりたい」と言う。馬を自然の代喩ととれば、馬を乗りこなすということは、自然の支配権を確立することである。しかしそれは「心ならずも」である。というのは「彼の口を洩れる暗い嘆き」によって裏書きされているからである。これは近代の人間全体の運命であると敷衍化できる。

次に「彼を繋みと獣が追った」とある。いかに自然と彼が親しみあっていたかを示している。そしてついには史実のように殺人者に付け狙われ殺されるのである。最終詩節は一行欠けている。この最終詩行を一詩節と見なす論者がいるが、一詩行が一詩節を構成すると見るのは不自然であろう。カスパルの死を扱っている最終三行が纏まりがあることからも第三詩行を欠行と見なすことが妥当であろう。おそらくこの三行目で刺される場面が示される筈であった。しかし詩人は生臭い表現を避け、読者の想像に任すために欠行にしたものと思われる。それによって更に最終詩行「銀色に沈んでいった未だ生まれざる者の頭《こうべ》」の象徴性が高められると言える。

「未だ生まれざる者」はトラークルの独特の言葉で他の詩にも見られる。これは原語はder Ungeborneで、これはもちろんカスパルを指す。どうして実際は生まれていて、それも生まれて十数年も経つのに「生まれなかった者」なのか。これも前述したヴァッサーマンの小説の影響が考えられる。カスパル・ハウザーの身元引受人であるダウマーが、燕や鳩や蝶が何の恐れげもなくカスパルに近づき甘えている様子を目にした時、「彼においては人類は罪を免れている」また「過去を持たぬ存在、天地創造の第一日目を免れた自由な被造物、全霊、全能、素晴らしい可能性を備え、認識の蛇によってまだ誘惑されていない……」の箇所がトラークルに「未だ生まれざる者」という語を採用する示唆を与えたものと思われる。

トラークルの詩『アニフ』に「生まれた者の罪は大きい」という詩行がある。しかし「未だ生まれざる者」は罪を負ってはいない。逆から言えば、罪を負ってはいないカスパルは「生まれながらも、この頽落した社会には、まだ生まれていない者」なのである。カスパルは生まれたのが早すぎたわけで本当に生まれるのは人類が罪を免れる時である。しかしそれは実にはかない希望でしかない。したがってこの世に現れた、「生まれなかった」

者、カスパルは死ななければならない。その意味で「未だ生まれざる者」なのである。

しかしこの町インスブルックでトラークルにとって妹グレーテと並んで生涯で最も重要な人物と出会うことになるのである。それはルートヴィヒ・フォン・フィッカーであった。彼は、月二回発行される、文芸雑誌『ブレンナー』の発行者であった。以後トラークルの詩のほとんどがこれに掲載されることになるばかりでなく、彼は詩人の面倒をみることになり、言わば庇護者として大きな役割を果たすことになる。最初の出会いをフィッカーは印象深く回顧している。

「またしても私は昼を少し過ぎた頃所謂ブレンナー席で友人たちと会うために、そこ（カフェ・マキシミーリアーン）に出かけた。私が彼らのところに座るかすわらないうちに、少し離れたところに一人の人物がいるのに気づいた。その人はマリアーテレジア通りに面している二つの窓の間にあるフラシ天張りのソファーに一人座り目を開いてぼんやりとものを考えているように見えた。髪は短く刈られ、それは銀色がかっており、顔は歳が定かでない表情をしていた。この未知なる人は、思わず知らず人を惹きつけるように見えながらも、距離をおこうとしている態度を示してそこに座っていた。しかし私はすでに気づいていた。また彼も見たところ物思いにふけっているように見えながら、探るような眼差しで私たちの方を繰り返し見た。私が腰を浮かすかうかさないうちにボーイが私に彼の名刺を差し出した。それまでそれほど時間はかからなかった。ゲオルク・トラークルとあった。喜んで私は立ち上がって――というのは少し前（一九一二年五月）彼の詩『フェーンの吹く場末』を公にしたからであった――彼に挨拶し、私たちの席に招いた。」

二人の出会いの経緯はこうであった。ブッシュベックは、文芸誌『叫び』の共同編集者ローベルト・ミューラーに読むようにとトラークルの詩を渡していた。その中に『フェーンの吹く場末』があった。ミューラーは『ブレンナー』の寄稿者でもあった。彼はフィッカーにこの詩を送ったのであった。その結果この詩が一九一二年の五月『ブレンナー』に掲載された。これがきっかけとなり以後トラークルの詩六十五篇がこの文芸誌に載ることになるのである。そこでフィッカーはトラークルに知己を得ようと思ってこの出会いに至ったのであった。

その後トラークルはこのブレンナーグループにおいて重要な地位を占めるにいたる。もちろんそれは主に彼の詩によるものであった。レックのように彼の詩的才能を羨む者も出てきた。トラークルの登場によって沈黙してしまった同人もいた。まさしく一際明るい星が夜空に昇るとその光芒が他の星の光を失わせるかのようであった。詩人はまもなくこのグループの求心力となった。

トラークルらブレンナーグループの人々が夕べになると頻繁に集い、その会話の主なテーマは、ニーチェ、ヴァイニンガー、ドストエフスキー、ヘルダーリン、時代及び文化批判、セックスの問題、あるいはキリスト教であつた。
また詩人が「いずれの世にも例のない男」と崇拝し、詩にも扱ったカール・クラウスと個人的に知り合ったのもこのインスブルックであった。

カール・クラウス

真実の白き大司祭
神の氷った息吹がやどる水晶の声
怒れる魔術師
その燃えあがるマントの下に戦士の青い甲冑がきしる

極めて相応しいメタファーを駆使して簡潔にクラウスの人となりを鮮やかに浮き彫りにしていると言えるだろう。トラークルの詩にはこのような現実の人物を扱った詩は珍しいが、これを見ても詩人が夢想や幻想のみをこととしていたのではないことを窺わせるのに十分な作品である。ある意味では鋭いリアリスト的な側面も見せていると言える。

クラウスは個人誌『ファッケル（炬火）』を創刊し、たった一人で言葉という武器で世間と戦った、世界的にみてもまさに例のない稀有な文筆家であり、その舌鋒は鋭く一切の妥協を許さず、風刺的にあらゆる世の偽善を抉り出し明るみに出した。

トラークルはギムナージウム時代からこの『ファッケル』を読んでいたし、ウィーン時代は「ウィーン文芸学術協会」が主催したクラウスの朗読会を聴講していたものと思われる。また返事を期待せずクラウスに手紙も出している。フィッカーもまたクラウスの崇拝者であった。『ブレンナー』の名称の由来は、もちろんゲーテもまたモーツァルトも越えた、ゲルマン世界とラテン世界を繋ぐ、インスブルック南方のブレンナー峠に由来するものであったが、これは普通名詞ではバーナー（燃焼器）の意であり、クラウスの『炬火』を意識して名付けられたと考えてもおかしくない。

そしてフィッカーはクラウスをインスブルックに招待し、一九一二年一月四日、その朗読会が催され、約五百人の聴衆が集まり大成功に終わった。この時は未だトラークルはインスブルックには来ていなかったが、その夏にクラウスが当地に滞在し、この時知己をえた。その後クラウスは、トラークルの詩集を出す出版社を探すのに大きな役割を果たし、またヴィットゲンシュタインの寄付にも関与した。この寄付金によって詩人は晩年ようやく金銭的不如意から解放されることになる。
この時トラークルは『詩篇Ⅰ』をクラウスに捧げている。

詩篇　Ⅰ
カール・クラウスに

光があって風が吹き消してしまった
昼過ぎ酔った男が立ち去った居酒屋がある
ブドウ畑があって、日に焼かれ黒々として蜘蛛だらけの巣穴がある
乳で塗りたくられた部屋がある
狂った男が死んだ　南洋の島がある
太陽神を迎えるため　太鼓が打ち鳴らされる
男どもが戦いの踊りを見せる
女どもが蔓草と炎のような花の中で腰を揺り動かし
大洋が歌う　おお　われらの喪われた楽園

ニンフたちが金色の森を立ち去った
異郷の者が埋められる　それからしらしらと雨が降り始める
パンの息子が土工の姿をして現れ
昼を灼熱するアスファルトの際で寝過ごしている
中庭には胸が痛むほど貧しい服をまとった少女たちがいる
いくつも部屋があり　和音とソナタに満たされている
いくつも影が　盲いた鏡の前で抱擁し合っている
病院の窓辺に癒えてゆく人々が身体を温めている
白い汽船が運河を血なまぐさい疫病を乗せて上ってくる

あの見知らぬ妹が再び誰かの不吉な夢の中に現れる
榛《はしばみ》の繁みで憩いながら妹はその誰かの星々と戯れる
学生　もしかしたら生霊が　妹を長いこと窓から目で追っている
彼の後ろでその死んだ兄が立つ　あるいは古い螺旋階段を下ってゆく
褐色の栃の木の暗がりに若い修練士の姿が蒼ざめてゆく
庭が夕暮れにつつまれる　回廊の中を蝙蝠たちがひらひらと飛び回る

守衛の子供たちが遊びをやめ空の金色を探している
四重奏の終和音　盲目の少女が震えながら並木道を走り過ぎる
その後その影は冷たい壁を手探りして沿いゆく　メルヒェンと聖なる伝説に包まれ

空《から》の小船が　夕べ黒い運河を下ってゆく
古びた施設の薄暗さの中で廃人たちが衰弱してゆく
死んだ孤児たちが庭の壁のところに横たわっている
灰色の部屋べやから汚物にまみれた翼の天使たちが歩み出る
蛆虫がその黄ばんだ瞼からポトリポトリとこぼれ落ちる
教会の前の広場はうす暗く黙《もだ》している　幼い日々のように
銀色にひびく歩みで昔の生が滑り去ってゆく
そして呪われた者たちの影が溜息をつく水へと下ってゆく
白い魔術師が墓の中でおのが蛇と戯れている

ゴルゴダの岡の空で黙して神の金色の眼が開く

この詩は、前に挙げた『美しい町』の形式を極端化した作品と見なされうる。『美しい町』はザルツブルクの個々の印象を次々と書き連ねた形をとっており、その意味でまとまりがあると言えるが、この詩の場合ザルツブルクのような空間的限定もなく、またほとんど時間的な推移もなく、多種多様な個々の印象が、と言うよりヴィジョンが表面的には何の関連もなく非継起的に並んでいる。一つのイメージをなす文がほとんど一行か二行に過ぎない。これを詳しく見ると、全三十七行中一行で完結しているイメージが二十二例で過半数を占め、二行のそれが四例、四行のそれが一例、最も多いのが第一詩節の南洋の島のイメージの五行である。この詩の形式は表現主義の詩の特徴の一つであって並列様式と言う。

この詩は難解ということができるが、一言で言えば内実の喪失感と本質的なものの異様化が認められるであろう。それが顕著に見られる部分を挙げると、第一詩節ではすでに喪われた楽園である南洋の島、第二詩節では牧歌的なるものの喪失、つまりニンフたちが金色の森を立ち去り、牧羊神パンは何と土工の姿となって現れる。更に第四詩節では清らかな存在の最たるものである天使が汚物にまみれた翼をして、蛆虫がその瞼からポトリポトリとこぼれ落ちるという衝撃的なイメージ等である。悪しく変質してしまった絶望的な世界が開示されている。しかし最終詩節は一行空けて「ゴルゴダの丘の空では神の金色の眼が開く」と一縷の希望が仄めかされている。しかしこの一行は第一稿では「何と全ては空しいか」になっている。これではそれまで示された様々のイメージ・事象の解説に堕してしまうと考えたことも変えた理由の一つと思われる。

この詩のお礼としてクラウスは同年十一月『ファッケル』に次のようなアフォリズムめいた一文を載せている。

「七月子（筆者注：妊娠七ヶ月で生まれた子）たちだけが両親に責任を取らせる眼差しをしている。その結果両親は取り押さえられた泥棒のように盗まれた者たちの傍らで途方に暮れている。彼らは彼らから奪われた物の返却を求める眼差しをしている。彼らの思考が中断すると、それは残りを求めているかのようだ。そして彼らは怠慢を見つめ返す。他方考えながらそのような眼差しをしている者たちがいる。しかしそれは余りにも貫い過ぎた物をカオスに戻したい眼差しをした者たちだ。それは完璧な者たちであったが、そうなるには余りに遅かった。彼らは恥じらいの泣き声をあげて、彼らに最初にして最後の思いだけをゆだねる世に生まれた。すなわち『あなたのお腹に返してよ、おお　お母さん、そこは良かった。』ゲオルク・トラークルに詩篇のお礼として。」

この持って回った難解な文の解釈は一筋縄ではなかなかいかないところがある。したがって様々に解釈されている。例えばフィッカーは七月子をトラークルと取り、トラークルを精神的にも未熟児であるとクラウスは考えていると解釈した。またヴァイクセルバウムは「この中で彼は彼らの間に共通性を確信している。すなわち二人は時代に合わない、あまりに早く登場したのが七月子（＝トラークル）で余りにも遅く登場したのがエピゴーネン（＝クラウス）」としている。この一文を読んだトラークルは直ちに次のような電報をクラウスに打った。

「私は痛切極まる明るみの一瞬をあなたに感謝します。深甚なる敬意をこめて　G・トラークル拝」

第八章　彷徨の日々

トラークルは一九一二年九月三十日にインスブルックでの試用期間を終了した。引き続いて上司の判断によって現役勤務となった。しかし十一月一日付で公共労働省の職に就くことになったので予備役にならないと就職できないため十月三十日に予備役編入を申請したが、その許可が遅れたため十二月一日までの延期願を公共労働者に提出した。しかし予備役編入の申請が認められたのは十一月三十日であった。そこで再び更に四週間の猶予をようやく認めてもらう。しかしそれまでにして得たポストをたった一日、それも二時間勤務――と言っても面接と誓約だけ――しただけで退職する。つまり十二月三十一日に労働省に赴いたが翌一月一日退職願を書いている。そしてインスブルックに帰ることになる。一年以上も待ちもうけていたこの仕事をたった二時間で放棄するというこの突飛と思える行動の裏に、丁度その当時取り組んでいた大作『ヘーリアン』の完成に余りにも精神を集中し過ぎていたために放心していたという説、ウィーンでの部屋捜しが面倒過ぎたからだという説があるが、これらは副次的な理由に過ぎないであろう。主たる原因はトラークルの神経的な面に帰せられるであろう。先ず薬剤師の資格を持ちながら労働省の会計職に就いたことの理由も詳らかにしないが、一つには軍の薬剤師のように制服を着ないですむ、と考えたこともその一因と言えるだろう。またそれには極めて人怖じする性格も与っていたものと思われる。ブッシュベックは「彼はボーイを恐れてレストランを避けた」と記しており、また彼は列車の車室で知らない人に向き合って座っていられず、夜行でも廊下に立ったまま一夜を過ごしたと言われている。薬剤師は多くの知らない人と対面しなければならないが、――午前中だけで七枚のシャツが冷や汗でビショビショになったと言われている――会計職であればそうしなくてもすむ。それで後者を志したのではないだろうか。

更に疑問であるのは、何故忌み嫌っていた「穢れた町」ウィーンにその後も何度も職を求めたのかである。一月には、公共病院に薬剤師の職があるかどうか問い合わせるよう友人に頼んでいる。三月には陸軍省の会計職に応募し、七月に会計試補（それも無給）として採用される。しかし四日後に病気を理由に退職届を提出する。八月十二日に正式に退官する。その九日後には労働省臨時助手職の願書を出すが十二月に却下される。また実現はしなかったがロースは詩人のために商業博物館の職に就けるよう労をとっている。

もちろんウィーンは首都であり大都市であるので職が見つかりやすいということと親友ブッシュベックやクラウスをはじめとするウィーン在の人々と会えることもウィーンに職を求めた理由と考えられるが、別の一面も考えられる。一九一二年の下旬、つまり労働省の職に就く直前のブッシュベックに宛てたインスブルックからの手紙に次のような箇所——前に取り上げたが——がある。「私はとてもみじめな日々を過ごしてきた。もしかしたらウィーンではもっと酷いことになるだろう。ここに留まるほうが容易であろうが、しかしやっぱり出発しなければならない」という言表は、前に挙げた、大都市のネガティブ性を示した詩『黙《もだ》した者たちに捧ぐ』の最終二行「しかし静かに血を流しながら暗い穴蔵でひときわ黙《もだ》した人々が／硬い金属から救済する頭《こうべ》を組み立てているのだ」のように受苦しながらの創造を志したのかもしれない。

このように定職を探すことに腐心した裏には実家の家業の不振があった。父が一九一〇年六月に亡くなって家業を継いだのは異母兄ヴィルヘルムであった。したがってすでにこの頃から気が引けて金銭的援助を頼み難くなっていた。これに加えてその後家業が傾いてきたので詩人は完全に金銭的に頼ることができない状態に立ち至った。家業を破産に導いた原因ははっきりしないが、おそらく不況が建築土木業とこれによる鉄の取引に打撃を与えたことと、それにもかかわらずトラークル家が依然として身分不相応な暮らしをし続けたことも関係しているものと思われる。そしてついに一九一三年二月トラークル商会は解散する。

したがって定職を持たないトラークルは、金銭的に困窮しブッシュベックに借金したり大切にしていた蔵書を売却してお金を得ようとした。古書店に売却予定のリストを送っている。これによって詩人がどういう本を読んでいたかを垣間見ることができる。その主なものを挙げると、ドストエフスキーの有名な『罪と罰』、『カラマーゾフの兄弟』のような大作、ニーチェの主要な著作――『ツァラトゥストラはかく語りき』、『悲劇の誕生』、『善悪の彼岸』、ヴァイニンガーの『性と性格』、メーテルランクの戯曲、シュピッテラーの『オリンピアの春』、『プロメーテウスとエピメーテウス』、リルケの『新詩集』、バーナード・ショーの『キャンディダ』、『人と超人』、ワイルドの『ドリアン・グレーの肖像』、シュニッツラーの『アナトール』、『恋愛三昧』、『輪舞』、ホーフマンスタールの『エレクトラ』等であった。この中にはトラークルの好みの作品であるドストエフスキーやニーチェの主要な作品を含んでいるので、おそらくこのリストは蔵書のほとんどではないであろうか。したがって読書家の詩人にとって手放すのは断腸の思いであったであろう。逆に言えばそれだけ金銭的に困窮していたと言える。

トラークルはインスブルックでの七ヶ月にわたる陸軍病院における勤務を終了した後は

席を暖める隙もないほどインスブルック、ザルツブルク、ウィーンの三都市間を移動することになる。インスブルックは文学的活動の拠点であるため、ザルツブルクは家族、特に妹グレーテに会うためと就職用の書類を得るため、ウィーンは就職するためと、ついでながらであるがクラウス、ロース、ココシュカ等と会うため滞在することになる。
注目に値する詩の一つがこの当時創作されている。

エーリス

1

この金色の日の静寂は完璧だ
樫の古い木々の下に
お前は現われる　エーリスよ　まどかな眼をして安らう者

その瞳の青みは恋する者たちのまどろみを映しだしている
お前の口に触れ
かれらの薔薇色のため息が黙《もだ》した

夕べ　漁師が重い網を引きあげた
善き羊飼いが
森の縁を　その羊の群を引き連れてゆく
おお　何と正しいことか　エーリスよ　お前の全ての日々は

かすかに沈むのは
露《あらわ》なる壁の辺のオリーブの木の青い静寂
白髪の老人の暗い歌が途絶える

金色の小舟が
揺らす　エーリスよ　よるべない天の辺のお前の心を

2

やさしいグロッケンシュピールの音がエーリスの胸に響き入る
夕べに

その時彼の頭《こうべ》が黒い褥《しとね》に沈む
青い獣が
かすかに茨の繁みの中で血を流している
褐色の木がひっそりと離れて立っている
その青い実が木から落ちた
徴《しるし》と星々が
かすかに夕べの池に沈む
岡の後ろは冬になった

青い鳩らは
夜分氷の汗を飲む
それはエーリスの水晶の額からしみ出る

つねに響くのは
黒い壁の辺の神の孤独なる風

タイトルのエーリスなる人物についてはいくつかの説がある。その中の有力な説にスウェーデンのある伝説的事件に基づくものがある。ファルーンの鉱山で生き埋めになった鉱夫の青年が五十年後に生きたそのままの姿で発見された。それは染み出した硫酸銅の溶液に浸かっていたからという。その青年はそこに来た老婦人によって彼女のかつての婚約者であることが判明した。この青年の名がエーリスであった。この伝説は、カスパル・ハウザーと同じように文学の恰好の素材となった。その主要な作品として、ホフマンの小説『ファルーンの鉱山』、またホーフマンスタールの同名の戯曲がある。

この詩を見てみると『カスパル・ハウザーの歌』と異なって直接この伝説に結びつく標徴は見当たらないが、もしこの伝説的事件に何らかの関係があるとするならば、表面的にはその存在が時の経過に左右されなかった在り方が詩人の心を惹いたのであろう。いずれにせよ詩に描かれたこの存在の純粋な、完璧な在り方は、エーリスという語の清らかな音の響きに関連があることは疑いえないところである。

しかしそういう存在は、カスパル・ハウザーもそうであるようにこの世にあっては永らえられない——これがトラークルの変わることのない基本的なものの考え方である。

前年の秋から友人たちがトラークルの処女詩集（この詩集名を詩人は『薄明と衰滅』としていた）の公刊の実現に努力を払っていたが、三月十九日に発行元のアルベルト・ランゲン出版社が公刊を拒否してきた。

しかしその後ライプツィヒのクルト・ヴォルフ社から照会があり、トラークルは全原稿を渡す。この出版社の原稿審査員は詩人のフランツ・ヴェルフェルであり、トラークルの詩に深く感動した。これには当時親しかったクラウスが彼に口添えをしていたものと思われる。ヴェルフェルは簡潔な抜粋版にしてはどうかという提案をするが、詩人はこれに初めは抗議する。しかし結局は承諾し、そして七月半ば『詩集』が『最後の審判』叢書第八・九巻として出るに至る。ちなみにこの叢書からはカフカの小説『火夫』も出版されている。

八月の第三週ヴェネツィアに旅をする。そこでクラウス、ロースとその伴侶ベッシー、アルテンベルク、それにフィッカー夫妻と過ごす。その滞在は十二日間に及んだ。この旅行はトラークルにとって生涯における唯一の息抜きだったと言ってよいだろう。

ヴェネツィアにて

夜の部屋の中の静寂
銀色に燭台が揺らめく
孤独なる者の
歌うような息遣いの前に
心惹く薔薇色の群雲

黒ずんだ蠅の群が
石の室内を暗くする
そして黄金の日の苦しみに
こわばるのは
故郷を喪った者の頭《こうべ》

静まりかえって暮れてゆく海
星そして黒々とした航路は

運河に消えていった
こどもよ　お前のひ弱な微笑が
ひそかに私の眠りについて来た

翌年の春に発表された、この詩にはヴェネツィアを示す標徴は、僅かに第三詩節の最初の三行に見られる、海と航路と運河だけである。情調は全くトラークルのそれである。何か不気味と言ってもよいような深い静謐さが籠っているが、それが人を惹きつけてやまない。

この時リド島の浜辺に所在なく立っている、水着姿の猪首でがっしりとした（特に脚が）体格のトラークルの写真が残されている。十代後半のいかにも詩人然とした姿とは似ても似つかぬ風采に変貌してしまったことに驚かざるをえない。ブッシュベックは後年『ゲオルク・トラークルの思い出』の中で詩人の風采は一般に世間が期待するものとは別のものであったと記している。

「彼の髪の毛は常に短く刈られていて、彼の骨ばった顔は、広い鼻によって支配されていた。彼はいつも髭を剃っていて彼の顔つきは開放的である。身体は頑強で、むしろずんぐりしていて、肩は幅広くしっかりしている。彼の歩みには、あるぎごちなさがあるにもかかわらず軽快で大股である。トラークルの全ては真実で真正でいかなるポーズもなく、なにかある自ら選び取った態度をとることはなかった。彼の眼差しは厳しく、長く話し相手や事物に留まることがあった。彼が彼の心を害する何かを驚いて見たとき目はこわばり怒って、普段はむしろかすかである声は固くなった。」

ちなみにヴェネツィア行の約一月前フランツ・ツァイスは、ある手紙で次のように詩人の態度、所作を活写している。

「……彼は好ましい人物だ。寡黙で打ち解けず物怖じして全く内省的だ。強靭で頑強に見えるが、にもかかわらず感じやすく病んでいる。幻覚があり、頭がおかしい（とシュヴァープが言っている）。彼がときどき何か秘密めいたことを表現しようとすると話が苦し気な様子でたなごころを開いて肩の高さに上げたまま指先を曲げ痙攣させる。頭を少し傾け、肩を少し上げる。目は問うように人に向けられる。」

またリンバッハは、彼の風貌、表情をリアルに記している。

「……トラークルその人が部屋に入ってきた。彼は座っているよりも立つと背が高くずんぐりしているように見えた。喜びを示さず、低い声で挨拶を口ごもって彼は我々に手を差し出して座った。彼の貌の特徴は、労働者のように粗野であった。首が短く、だらしない服装――カラーをしてなく、シャツは一つのボタンだけで合わされていた――

がその印象をさらに強めているかもしれなかった。にもかかわらず、彼の風貌には何か異常な尊厳がありありとあらわれていた。しかし暗鬱な、ほとんど陰険な表情は彼に犯罪者のような人をひきつけるものを与えている。というのは実際仮面のように彼の顔はこわばっていた。口は話しているときほとんど開かなかった。そして時折不気味に目がきらきらした。」

このヴェネツィア行に旅立つほぼ一月前にブッシュベックに詩人は他の友人と連名で葉書を出している。その冒頭の宛名が、それまでは「親愛なるブッシュベック」あるいは「親愛なる友」であったのに対して「親愛なるペテン師」になる。これは詩人が、ブッシュベックが妹グレーテと親密な関係になったことを知ったことによると言われている。もともと三人がウィーンにいた一九一〇年頃からブッシュベックに対してグレーテが積極的であった。グレーテの結婚後も二人はザルツブルクで会っており、そこで親密さを増したのである。すでに前年に二人は「ドラマティックな恋愛」に落ちたという推測もある（その後トラークルは、一通、やはり友人との連名で出しているが）。この後ブッシュベックへの書簡は途絶えたのである。これは親友と妹の関係を裏づけているものと思われる。

詩人はインスブルックの陸軍病院の勤めを終えた後もよくインスブルックを訪れ滞在している。長いときは二ヶ月余にわたったこともあった。厄介になった所は、北の郊外のミユーラウにあるフィッカーの家と反対の南の郊外のホーエンブルクの小高い岡の上にある館風の邸であった。これはフィッカーの弟ルードルフの住まいであった。

ホーエンブルク

家には誰もいない　部屋べやの中の秋
月明かりのソナタ
そしてたそがれる森の縁での目覚め

いつもお前は人の白い貌を思う
時代の騒がしさからは遠く
夢見つつあるものの上に緑の枝がよく傾く

十字架と夕べ
響いている者を深紅の腕で抱く彼の星
それは人の住まない窓へとさし上る

　するとき暗闇の中で異邦の人が震える
　彼がかすかに瞼を遥かなる人間的なものの上に上げるとき
　　玄関の間に風の白銀色の声

　トラークルには実在の地名をタイトルにした詩が少なからずあるが、後期の詩の場合、それらは一つの機縁に過ぎない。トラークルにあてがわれた部屋は山に面していて、その張り出し窓からは森の縁が眺められ、しばしばノロジカが現れ草を食んだ（ノロジカが登場する詩がある）。また詩人はピアノを自由に使用でき、特に好んで「月光の曲」を弾いたという。確かに第一詩節の「月明かりのソナタ」と「森の縁」は伝記を裏書きするが、第二詩節以降はヴィジョンへと移行する。『ヴェネツィアにて』と同じように静謐な詩である。非常に省略された表現をしていて、その結果純粋性が高められている。それが特徴的に見られるのは第一詩節で、名詞が動詞をとらず、そのまま並置されている。このような傾向は以後強められていくことになる。

第九章　夕べの国

夕べの国の歌

おお　魂の夜の羽ばたき
私たち牧人はかつて黄昏れる森に沿って歩いて行った
すると赤い獣　緑の花　つぶやく泉が従《っ》いてきた
つつましくも　おお　蟋蟀の太古の声音
生け贄の石に血は花と咲き
そして池の緑の静寂の上を孤独な鳥の叫び

おお　お前たち十字軍と肉の灼けるような責め苦
深紅の実が落下する

夕べの庭園　昔むかし敬虔な使徒達が歩いて行ったそこを
今は戦士たちが傷と星の夢から目覚めつつ歩いてゆく
おお　夜のやさしい矢車草の花束

おお　お前たち静寂と金色の世々
その時私たち穏やかな僧は深紅の葡萄を搾った
すると周りでは岡と森が輝いた
おお　お前たち狩と館の数々　夕べの安らぎ
おのが部屋で人は正しいことに思いをこらし
黙《もだ》して祈りながら神の生き生きした頭《こうべ》を手に入れようとした

没落の苦い時
今私たちは黒い水に映る石と化した貌を眺めている
しかし光を放ちながら恋人たちは白銀色の瞼を上げる
一　つ　の性　薫香が薔薇色の褥から流れ出る
そして甦った者たちの甘美な歌

これは一九一三年秋に創作された詩であるが、ここにはトラークルの詩には珍しく歴史的な関連が見られる。第一詩節は人と自然が宥和していた原初の時代、第二詩節は中世、第三詩節はバロックの時代、そして最終第四詩節は現代と時代を下って示されている。しかし各時代を示す表象は少なく断片的である。問題は第四詩節で最初の二行はネガティブなイメージをなしている。現代は没落の時代と規定する。これはトラークルの一貫して変わらない見方である。これに対して後半の三行は逆にポジティブなイメージとなっている。しかしこれはあくまでも作者の希求がイメージ化したものである。そして問題の中核をなすものは「一　つ　の性」である。「一つ」は隔字をなし、この言葉が強調されていることを示す。性は男女の別があり、その二つが和合すればもちろん生産的に働くのであるが、逆に調和しなければネガティブに働く。すなわち男女という違いや行き違いから多くの場合不和、葛藤、相克等が生ずる。これらはわれわれが日頃よく目にしているものである。そもそも男女の別がなければ、性が一つであれば、その限りにおいてそういうことはありえない。しかしそれは不可能なことである。しかし妹グレーテが唯一の女性であった詩人にとっては切実な希求であった。性が一つであれば二人は何の気兼ねもなく睦み合えたであろう。それがこの「一　つ　の性」に反映していると考えられる。分裂しているのは性に留まらない。この「性」の原語はGeschlechtと言い、種族、世代の意味もある。種族も世代も分裂しているがゆえに争いが起きる。もしこれが例えば種族が一つであればそういうことは起こらない。愛のイメージの文脈からGeschlechtを「性」と訳したが、種族や世代の意味も排除するものではない。それらに共通する分裂が問題なのである。したがってこの詩の場合もちろん「一　つ　の」に重点が置かれていて分裂のない世界が希求されているわけである。その上「一つの性になって」ではなく二つの性という区別がありながら「ひとつの性として」、つまり「分裂をなくして」という含みもここから敷衍化されうるかもしれない。

一九一四年三月半ばベルリンのグレーテより手紙を受け取る。彼女は流産のために重病の床にあった。詩人は早速見舞いにゆく。この時フィッカーに次のような手紙を書いている。

「私の可哀相な妹は相変わらずとても苦しんでいます。彼女の命はあまりにも心が引き裂かれるような悲しみと同時にけなげな気丈さに満ちておりますので、時々私自身その前ではごく卑小なものに思われます。彼女はおそらく私より数千倍も、善良で高貴な人々の間で暮らすに値します。こうしたことは私にはつらい時代に途方もないほど恵まれていたのですが。

私は多分後数日ベルリンに留まるつもりです。と申しますのは私の妹が一日中一人ぼっちで、何と言っても私がいることが彼女にとっていくらかでも役に立つものですから。」

このベルリンの地でグレーテの夫アルトゥール・ランゲンと関わりがあったヘルヴァルト・ヴァルデンのグループの中でかつてのヴァルデンの妻であった女流詩人エルゼ・ラスカー＝シューラーと知り合いになる。この二十一歳年上のエキゾチックで酒飲みの女性と意気投合したと言われている。七月半ばに彼女は五日間インスブルックに滞在したが、そこでトラークルに会ったかどうかは確認されていない。ここに来た目的はおそらくすでに長い間文通していたフィッカーに会うためと思われるが、トラークルとも会ったと見るのが順当であろう。詩人の死後、死を悼む、その名も『ゲオルク・トラークル』という詩を捧げている。トラークルも当時書いた詩『夕べの国』（第二稿）を彼女に捧げている。ここでは完成稿と言える第四稿の第三部のみを掲げる。

夕べの国

エルゼ・ラスカー゠シューラーに敬意を込めて

3

お前たち大きなる都市よ
平野に
石にて築かれたもの
言葉なく
故郷を喪った者は
暗い額もて風に従う
岡の辺の裸の木々
お前たち遠くへとたそがれてゆく河流よ
恐ろしい不安を呼ぶ
嵐をはらむ雲を灼く
不気味なる夕焼け
お前たち滅び行く民族よ

蒼ざめた大浪が
夜の岸辺で砕け散る
堕ちてゆく星々

この三部からなる詩のタイトルを「夕べの国」と訳したが、原語はAbendlandであり、Abendは「夕べ」、またLandは「国、地」である。しかしこのAbendlandには「西洋（ヨーロッパ）」の意もあり、これも詩のタイトルは含意していると考えるべきである。トラークルの詩にはこのように二（多）義的な語が使用されていることが時々ある。夕べの国（地）、黄昏れてゆくヨーロッパ、それは大都市にその徴候が集約的に現れる。

第一、第二部を省いたが、これらは従来の内面のヴィジョンを展開した詩となっている。これに対して提示した第三部は新しい詩風を示している。先ずイメージが対象化されていて分かりやすい。それから一行が短かいのが特徴をなしている。また「お前たち」と言う対象への呼びかけ（それも三回）がここで初めて示されたのが注目に値する。これはヘルダーリンの詩の影響である。ヘルダーリンのトラークルの詩への影響は、ランボーのそれと並んで最も大きい。この詩においては、その他に「言葉なく」、「平野に」等ヘルダーリンの語彙が認められる。しかしヘルダーリンの息の長い練り上げるような詩想は欠けている。ちなみに最近『ヘルダーリン』という彼の詩が発見された。それから更につけ加えると、五行目に「故郷を喪った者」という語が見えるが、これはハイデガーの哲学の重要なモチーフの一つ「故郷喪失は現代人の命運である」に通じ、ハイデガーはもしかしたら、ここにヒントを得たのかもしれない。

トラークルは新興ドイツ帝国の首都に来てその印象は強烈であったものと思われる。したがって複数で示されている大都市は、ウィーンと並んでベルリンももちろん念頭にあったであろう。また大都市には大てい川が流れている。ここでも「遠くへたそがれてゆく河流」も複数となっており、ウィーンではドナウ川、ベルリンではシュプレー川となる。

妹を看取ったトラークルは四月三日にインスブルックに帰ってくる。レックは「トラークルは今日ひどく毒されてベルリンから帰った。私たちは腕をとって彼を支えねばならなかった」と日記に記載している。

六月にトラークルは外国に職を求めている。一つはオランダの植民地局に植民地に薬剤師の職がないかを問い合わせるが、断られる。次にアルバニアにも職を求めるがうまくいかなかった。それまでは自国、それも主にウィーンで職を求めたが、失敗したり、勤めてもほとんど続かなかったので、もともと大都市が嫌いであった詩人は文明が及ばないところに目が向いたのであろう。

この頃いわゆるチロル山岳風と呼ばれる表現主義的な詩風が卓越した作品群が生まれる。しかしこれらは詩人の死後『ブレンナー』誌上を飾ってゆくことになる。

夜

お前を私は歌う　荒々しい裂け目を
夜の嵐の中に
聳え立つ山塊
お前たち灰色の塔は
地獄のような渋面に
燃え立つ獣に
荒々しい羊歯に　唐檜に
水晶の花に溢れている
果てしない苦悩
お前は神をたゆまず手に入れようとする
やさしい精神よ

ため息をつく　奔流の中で
うねる松の林の中で

金色に燃えあがる炎は
まわりの民族のだ
黒ずんだ崖を越えて
死に酔って　落ち下る
燃え立つ旋風が
氷河の
青い浪が
そして鳴り響く
力のこもる谷間の鐘が
炎　呪い
そして暗い
快楽《けらく》の戯れ
天へ突き進む

石と化した頭《こうべ》

この詩も『夕べの国』の第三部と同じように一行が短い。その上名詞だけの行が幾つもあり動詞が欠けている行もあり、中期の詩の静謐な詩と打って変わって詩の調べも激しくなっている。そして彼が目にしたチロルアルプスの様々な形象が取り入れられている。例えば「山塊」、「唐檜」、「奔流」、「崖」、「氷河」、「谷間」等である。これらの形象はいままでの詩には見られなかったものである。しかしもちろん詩はアルプスの風景を描写しているわけではなく、それらの形象は内面のヴィジョンを形成する要素になっているわけである。この詩に代表される「チロル山岳風」のいわば黙示録的な諸詩は、トラークルの詩の一つの頂点をなしている。これらに盛り込まれた、緊密化され、凝縮された力感溢れる幾多の表現はまさに息を呑むばかりである。しかしこれらの詩は単なる美的なイメージ、ヴィジョンの連鎖ではない。読む者に現代人の不安、怖れ、運命、不遜さへの批判、危うさ、分裂等を暗示的に感覚的に訴えかけてくるのである。

ちなみに詩中に「旋風」という語があるが、この原語はWindsbrautでWindは「風」、Brautは「花嫁」で通して直訳すれば「風の花嫁」になる。これは表現主義の代表的画家の一人ココシュカの代表作品のタイトルである。この絵はココシュカ自身と当時愛人関係にあった音楽家マーラーの未亡人アルマを描いたものとされる。トラークルはこの絵の制作時にココシュカのアトリエをよく訪れていて、この絵を見て「まるで風の中の花嫁のようだ」と言ったのでココシュカがこの絵のタイトルにしたと言われている。そしてトラークル自身もこのタイトルを詩の中に取り込んだわけである。ちなみに後年ココシュカは『風の花嫁』を一緒に描いた」とトラークルの伝記作家に報告している。

七月半ばフィッカーは見知らぬ男から一通の手紙を受け取る。差出人はルートヴィヒ・ヴィットゲンシュタインというまだ二十五歳の青年で、その内容は、父から受け継いだ自分の遺産の中から十万クローネをオーストリアの貧しい芸術家にフィッカーの裁量で分与してほしいというものであった。フィッカーに配分を任せたのは、ヴィットゲンシュタインが彼を信頼していたからであった。フィッカーは十六人と一団体を選んで分与することにした。最も大きな額を与えられることになったのは、トラークルとカール・ダラゴのそれぞれ二万クローネであった。しかしヴィットゲンシュタインはリルケを推薦した。そこでリルケも同じ額となった。その他ブレンナー編集部が一万クローネ、カール・ハウアーとココシュカが各五千クローネ、ラスカー＝シューラーが四千クローネ、ロース、ドイブラー等七人が各二千クローネ、後四人がそれぞれ一千クローネの配分になった。ヴィットゲンシュタインは詩人の死後その詩を読んで「私は解らないが、しかしその調べは私を幸福にする。これは本当に天才の調べである」と述べている。これは余り詩に親炙《しんしゃ》していない人の率直な感想と言えるだろう。フィッカーはトラークルの持分を銀行に預けた。これによって詩人は数年間の生活が確保されることになった。もちろん詩人もこれに感謝し「数年来このかた生活の度重なる偶然に身を任せていましたが、これは私にとって固有な全てのものに静かに、今や乱されずにたずさわれることを意味します」と答えている。しかしこのお金を詩人は使うことはなかった。ある時フィッカーに連れられて銀行にその預金の一部を下ろしに行った時冷や汗を流し耐えられず逃げ帰ったというエピソードが残っている。

これより先六月二十八日にサライェボでオーストリアの皇嗣フランツ・フエルディナント大公が暗殺され、オーストリア＝ハンガリー二重帝国は七月二十八日にセルビアに、八月六日にロシアに宣戦布告し、第一次世界大戦が始まる。動員令が発せられた時詩人は待機しているよう命じられていたが、これに応じず八月五日に志願した。

しかし二万クローネという生活の資を得ながら、それも詩において戦いというものをおおむねネガティブに描いているのにもかかわらず、どうして動員令に応じ志願したかは謎である。彼はこの理由について直接的に何も述べていないし、客観的に見ても明らかではない。ただそれは傍証的に様々な角度から論じられうる。

第一の可能性のある理由として、愛国心が考えられる。彼の愛国心を否定する証言はないが、開戦時に一部に見られた「感激」はしていないことは確かである。バージルは「感激の興奮状態に感染していたように見える」、またヴァイクセルバウムも「戦争の開始に見られた熱狂に反対したという指摘はない」と見ているが、必ずしもそうではないのではないか。確かに宣戦布告がなされた時、都市部に限られていたが、多くの人々、特に市民層の若者たちは歓迎し、熱狂した。ある女性はザルツブルクの情景を次のように述べている。

「たまたま私はヴァーク広場をわたっていった……突然トスカーナ大公宮廷の職員がオイゲン公子の歌を歌い出すと群衆が熱狂し声を合わせて歌った。皆が次々と長く続く愛国の歌を声もかすれるまで歌っていると皇帝とオーストリアへの嵐のような万歳の叫びがこれにとって代わった。これが何日も何週も続いた。想像もできないほどの高揚した気分が全国民を捕らえていった。」

若い詩人たちの多くもこの戦争に感激し賛意を示した。彼らは戦争がこの退嬰した世界を浄化してくれるのではないかと恃《たの》んでいた。例えば同じ表現主義詩人の代表者の一人ゲオルク・ハイムは戦争をヴィルヘルム体制下の退屈な愚にもつかぬ日常から解放してくれる出来事と夢想していた。その日記には次のような記載がある。

「戦争さえ起きれば、私は健康になるだろう。毎日毎日が変わりない。大きな喜びもなければ苦しみもない。」

しかしトラークルの場合は、カール・レックが日記に記していることによれば、トラークルは戦線布告に全く昂揚しなかった。ある将軍の演説に際会した時「ふん、しこたま酔わされたな。席を外そうよ」と言ったそうである。将軍の大言壮語の空疎な戦意高揚の演説に辟易した詩人がここにはいる。

第二の可能性のある志願の理由として、ヴァイクセルバウムが述べているように軍務が自分に適していると考え、以前は何度も職に就こうとし、そのたびに挫折してきたが、これによって安定した社会的地位と収入を得ようとしたことが考えられる。しかし収入の面に論を限定すれば、すでに前述したようにヴィットゲンシュタインから2万クローネの大金を受け取っている。レックの日記に「彼は一月200クローネを必要としている」という記載があるが、これによれば8年は生活できるはずであった。

また軍務に就けば彼の本来の仕事、詩作もできると考えたのか。ちなみに2年前インスブルック滞在当時「仕事、仕事、暇がない、戦争万歳」とブッシュベック宛の手紙の中で漏らしている。しかしこれを彼が好戦的であった証拠と取ってはならないだろう。ヴァイクセルバウムもトラークルの評伝で解説しているようにイローニッシュな表現と解するべきであろう。当時意に染まない仕事が重なり詩作の時間が取れず、思わず漏らした嘆息であって最も忌避すべき戦争を例に挙げて、それほど仕事が嫌だと示す誇張表現と言える。

第三の可能性のある理由として、当時の一般のオーストリア国民のようにトラークルも戦争をそれほど苛烈・凄惨なものとは考えていなかったのではないか、が考えられる。その上実戦におけるトラークルの想定される任務からすれば、それほど危険に身を曝さないで済むと内心思っていたのではないか。つまりトラークルは薬剤官試補の職責上、属する衛生隊は前線から安全な後方に駐屯し、負傷者用の薬剤を配慮すればよいと考えていたのかもしれない。更にはウルリーケ・フライシャーは、「薬剤師として殺すことではなく癒すことがトラークルの任務であったこと」という視点を提示している。

実際戦争は、当時一般にそれほど深刻に考えられていなかった。オーストリア＝ハンガリーは普墺戦争（1866年）以来五十年近く戦争らしい戦争をしていなかった。戦争の悲惨さを知らず、戦うことは英雄的行為とみなされていた。この辺の事情をシュテファン・ツヴァイクが、その『昨日の世界』において的確に述べている。

「……1914年、平和がほぼ半世紀続いた後、大多数の人々は戦争なるものについて何が分かっていただろうか。彼らは戦争を知らなかった。彼らはそれまでほとんどそれについて考えたこともなかった。戦争は一つの伝説であった。疎遠なものであるからこそ戦争は英雄的なもの、ロマンティックなものとされていた。彼らはそれを相変わらず、教科書や画廊の絵画の視点から見ていた。きらびやかな制服を着た騎兵の目もくらむばかりの突撃、その都度果敢にも心臓の真ん中を射抜く死の一撃、行進と言えば全てにぎにぎしく軍楽が鳴り響く勝利のパレードであった。——『クリスマスには僕たちは帰還しますよ』と1914年8月に新兵たちは笑いながら母親たちに向かって叫んだ。村や町の誰がまだ（実際の）戦争を覚えていたか、せいぜい、1866年に今回の同盟国のプロイセンと戦った二、三人の老人くらいであった。それは何と速やかな、血腥くない、遠い戦争であったことか、三週間の出征、息つくひまもなく、たいした犠牲も出さずに終結した。ロマンティックなものへの足早な遠出、荒々しい男性的な冒険、——このように戦争は、一般の男たちの頭に描かれていた。」

しかし来るべき戦争は、そのようななまやさしいものではなく苛烈に過ぎ、凄惨きわまりないものであった。従来の戦争は隊伍を組み進軍し、両軍相まみえての会戦が中心であった。したがって第一次世界大戦の初期は、おおむねこうした戦法がとられた。しかし新たな様々な兵器の投入、特に威力のある火砲（その中でも機関銃）の長足な進歩によってこのような従来の戦法による戦いは甚大な被害を被った。実際東部戦線ではトラークルの属する衛生隊も投入された緒戦において損害が、特に火砲に勝るロシア軍に敗北したオーストリア＝ハンガリー軍は、その兵力の三分の一に達するほど甚大であった。その後火砲による被害を軽減するため戦いは白兵戦ではなく必然的に塹壕戦（あるいは陣地戦）を余儀なくされた。西部戦線では緒戦の後、主な戦いは塹壕戦となったが、東部戦線では遅れた、というより戦線が広範囲にわたっていたので塹壕戦では対応できなかった。しかし西部戦線、東部戦線を問わず、前線も後衛もなく戦争に巻き込まれ、死傷者は膨大な数に上った。衛生隊に属する薬剤官試補のトラークルでさえ医師の支援もなくたった一人で九十人もの重傷者を看護しなければならなかったのは、この事情を裏書きしている。

第四の可能性のある理由としてバージルが「それから彼は彼の困窮の決着を、ひよっとすると決着それ自体を望んでいたからである」と述べているように戦争において自らの生命に最終的に決着をつけようとしていたのではないかということが考えられる。たしかに九十人の重傷者を一人で看護した後自殺未遂事件を起こし、また死の一週間ほど前、彼を訪ねたフィッカーにギュンターの詩を取り上げて死を暗示にしているが、これらは結果的出来事であって、志願当時戦争において最終的決着を求めていたかは疑わしい。

更に第五の理由として、「没落」への最たる徴候である戦争に際会し、この世の「地獄」を、身をもって体験しようとしていたのではないかということが考えられる。前に挙げた二年前ブッシュベックに宛てた手紙で「もしかしたらウィーンに行けば更に酷いことになるかもしれません。ここに留まるほうが楽でしょう。しかし私は出発しなければなりません」と記している。更にはより直接的に、1914年のリンバッハの日記（信憑性に欠けると言われるが）にはトラークルの告白として「私は地獄から逃げる権利はない」という記述がある。トラークルには危地にしいて赴こうとする意思が見られる。ヘルダーリンの詩『パトモス』の有名なフレーズ「しかし危難のあるところ救いも育つ」というような心的態度が窺われる。

ただし「没落」が必然であるという認識がトラークルには牢固としてあるが、必要（悪）であるという立場はとっていなかったと言える。当時世界が新しく浄化されて甦るためには世界の没落が必要であるという考え方が一部の知識人に見られたが、トラークルは没落への最も明らかな徴候である戦争に対しておおむね忌避的な態度をとっている。

またその他の理由として、トラークルはガリーツィエン（現ウクライナの西部ガリチア及びポーランド東南部）に移住を考えていたのではないかということが考えられる。ヴァイクセルバウムによれば、ガリーツィエン出身の作家と知り合い、この地を舞台にして書かれた小説が契機であるという。しかしトラークルは任地を志願時に初めて知ったのでこの理由の根拠は薄いであろう。

考えられうる五つの理由を挙げたが、実際はどれであったのか、あるいはそのうちいくつかの理由が絡まっていたのか依然として確定できない。
第一次世界大戦が始まる二年前、詩人は次のような詩を文芸雑誌『叫び』に発表している。

トランペット

日に焼けた子供たちが遊んでいる、木の葉が舞い散る
刈り込まれた柳の木々の下で　鳴りわたる数々のトランペット　墓地の慄き
緋色の旗、旗が楓の悲しみを貫き突進する
騎兵たちが　裸麦畑に　人気ない水車小屋に沿い

あるいは夜　羊飼いたちが歌い鹿たちが現れる
その火の圏の中へ　杜の大昔の悲しみの中へ
踊るものたちは黒い壁から浮き上がる
緋色の旗、旗　哄笑　狂気　トランペット

この詩は親友ブッシュベックによって編集された『叫び』の第三号（エーゴン・シーレが表紙絵を描いている）に掲載された。この号は、当時バルカン戦争が勃発したこともあって、「戦争」特集号であった。そしてこの雑誌の売り上げの純益はオーストリア空軍の設立のために捧げられた。その意味で「戦争協力号」であった。したがってこれには多くの戦争を昂揚する内容の作品が掲載された。

しかしこの詩は、一読して分かるように明らかに戦意昂揚の詩ではなく、声高ではないが戦争をネガティブなものと見なし批判している。ちなみにパトリック・ブリッジウオーターはこの詩を反戦詩と断じている。確かにタイトルになっているトランペットは、戦意を高め、戦争に駆り立てる道具であるが、ここでは最終詩行において詩のキーワード「狂気」と並列され、そのネガティブ性が強調されているのが容易に見て取れる。その他戦争の危険性を暗示する語が詩に含まれている。例えば第二詩行の「緋色の旗」。しかしこの号が戦争特集と銘打っているのであからさまな戦争批判は差し控えた意図が窺われる。実際初稿にあったフレーズが差し替えられたことがこれを裏付けている。初稿では、第三詩行は、Scharlachfarben, Marschtakt stürzt durch Staub und Stahlschauer.（緋色、進軍の拍子が埃と鋼鉄の戦慄を貫いて突進する）であった。この行の読みをカタカナ書きをすると「シュアルラハファルベン　マルシュタクト　シュテュルツト　ドゥルヒ　シュタウプ

ウント　シュータールシュアウアー」になる。「シュ」音が六つも連続する。これは軍隊の突進を音韻的に暗示していると解釈してもよいであろう。これと最後の「鋼鉄の戦慄」という戦争に直接に関わる斬新で迫力のあるネガティブ性の強い造語を棄てたことに、その配慮が窺われる。この詩のモチーフは素地である平和な、牧歌的な風景（「遊ぶ日に焼けた子供たち」と「歌う羊飼いたち」に象徴される）に暴力的に闖入するトランペットの響きであるが、その他にもネガティブなイメージが詩に巧みに配分されている。例えば「墓地の慄き」、「楓の悲しみ」、「人気ない水車小屋」、「黒い壁」等。この詩（初稿）に関してブッシュベック宛の手紙に「望むらくはこの詩が『叫び』の戦争号の枠内からそれほど外れていないことを念じています。私はこれをできるだけ読みやすいように努めました」と書き、その後またブッシュベックに「この詩をこの号の最後のページに印刷されるように取り計らってくれまいか。親愛なる読者が私の最後の詩行を読んだ後パウル・シュテファンの戦争の歌の最初の詩行に滑っていかないことが私には望ましいので」と書いている。更に引き続いてブッシュベックに「ちなみに『トランペット』が、君はおそらく気に入っただろう。最後の詩行はみずからの音で自らを圧倒してしまう狂気の批判だ」と結んでいる。これは狂気であるのに狂気とは感じなくさせるような恐ろしい力、すなわち戦争のもたらす本質的な危険性を衝いた表現ということができる。ここに明らかに詩人の本意が窺われる。したがってこの最後の詩行はどうしても伝えたい詩の核心であったと同時にどう他人にとられるかが気がかりであったことを明らかにしている。いずれにせよ戦争を狂気と批判しているわけであるから戦争特集号において自分の詩が目立たないようにしたいと考えたのであろう。

この第一次世界大戦が始まった八月に成立した詩を挙げる。

東部にて

冬の嵐の荒々しいオルガンに似ている
民族の暗鬱な怒りは
戦闘の緋色の浪
葉を落とした星々の

眉毛を砕かれ　銀色の腕の
瀕死の兵士たちに夜は合図を送る
秋のトネリコの陰で

打ち殺された者たちの霊がため息をつく
茨の荒野が町を取り巻く
血塗れた階段から月が
脅えた女たちを狩り立ててゆく
荒々しい狼どもが市門を押し破って入ってきた

この詩は、題名とは裏腹にガリーツィエンの戦場で創作されたものではなく軍に志願した後、出征直前にインスブルックにおいて成立したものである（しかしすでに東部戦線ではオーストリア＝ハンガリー軍とロシア軍の衝突は起きていた。おそらくトラークルはそれを新聞等で知っていたものと思われる）がその迫真性は、あたかも戦場で書かれたように見える。したがって次のような誤解も生ずる。ハルトムート・シェーンヘルは「このテクストはむしろ前線での経験を加工したということを思いつかせる」とし、「フォン・フィッカーがトラークルのヴィジョンの才能の神話を裏付けるために1914年8月にこのテクストの日付を設定したのであろうか」と疑問を呈しているが、もちろんそのようなことは十中八九ありえないと思われる。このことはしかし逆にその迫真性を証拠立てている。ただ戦場のディテールはほとんどない。しかし卓越した暗示表現や比喩表現あるいは象徴的表現に富みそれが迫真性を高めている。例えば絶えて使用されなかった直喩が復活している。第一詩節の第一、二詩行の「冬の嵐の荒々しいオルガンに似ている／民族の暗鬱な怒りは」。暗示的表現は同じ詩節の第三詩行「戦闘の緋色の浪」。象徴的表現は同じ詩節の第四詩行「葉を落とした星々の」。更には第三詩節の隠喩表現。詩的レトリックを駆使して戦争のネガティブな様相を表現してやまない。この詩で特徴的な点は、最後の三行で女たちを強姦する兵士たちを隠喩的に表現している箇所である。このように第三者である戦争の被害者たちに視点をおいた詩は当時では稀有であると思われる。

第十章　グローデクあるいは永劫の別れ

八月二十四日の夜、インスブルック中央駅でフィッカーは出征するトラークルを見送った。フィッカーによると「それは夢のように静かな月明かりの深夜」であった。詩人は別れしなにフィッカーに一枚の紙片を手渡した。

「死に似た状態に在るとき一瞬感じること。全ての人間は愛する価値がある。目覚めるとお前は世の苦さを感じる、その中にお前の解消しない罪がある、お前の詩は不完全な贖罪。」

これを読んでフィッカーが問うような目つきで詩人の顔を見ると次のように付け加えた。

「しかしもちろん、いかなる詩も罪の贖いにはなりえません。」

そう言うと帽子に挿した撫子の花を揺らしながら詩人は兵士を運ぶ家畜運搬用車両に乗り込んだのであった。

列車は途中ザルツブルクに一時停車した。ここでもしかしたら兄弟の一人が見送ったかもしれない。そして九月三日にウィーンを経て、当時オーストリア＝ハンガリー帝国の版図に含まれていた戦地ガリーツィェン（ガリチア）に向かう。その間に詩人は母やフィッカーに葉書を送っている。その文面は明るい。これは天気が良かったこと、彼らに心配をかけないこと、軍事郵便に検閲があったことが考えられる。到着したのは九月七日のことであった。ガリーツィェンは今のウクライナの西部とポーランドの東南部に広がる地方で前者の中心都市がレンベルク（現ウクライナのリヴィウ）でこの地はすでにロシア軍の手に落ちていた。したがってオーストリア軍はロシア軍の西進を阻止しなければならなかった。詩人が際会した両軍相打つ戦闘は九月八日から十一日の間にレンベルクの西のグローデク近郊で行われた。

グローデク

夕べ　秋の森が響く
死の武器により　金色の平野が
そして青い湖が　その上を太陽が
さらに暗鬱に転がってゆく　夜が包む

瀕死の戦士たちを　荒々しい嘆きが
彼らのうち砕かれた口から洩れる
しかし静かに柳の谷に集まるのは
怒れる神が住まう　赤い叢雲と
流された血だ　月の涼しさ
街道はすべて黒い死滅に通ずる
夜の金色の枝と星々の下に
黙《もだ》しいる杜を妹の影が揺らめき過ぎる
英雄たちの霊　血を流している頭《こうべ》に挨拶すべく
そして微かに葦の中で秋の暗い笛が響く
おお　ひときわ誇らかな悲しみ　いましたち青銅の祭壇よ
今日烈しい苦しみが育んでいる　精神の熱い炎を
まだ生まれざる孫たちを

戦場をタイトルとするこの詩はトラークルの最後の二つの詩のひとつである。ハイデガーをして「戦争詩以上のもの」と、またフランツ・フューマンをして「グローデクはトロヤの前にあり、アウシュヴィッツの前にある」と言わしめたこの詩はトラークルの詩業の総決算的な性格を帯びている。それまで使用した様々な要素（語、イメージ）が取り込められ、それらの多くが効果的に使用されている。例えば「夕べ」、「転がってゆく太陽」、「葦の中の暗い笛」、「まだ生まれざる」、「妹」等、しかし妹像はここでは高められた存在になっている。一方新しい要素も取り込められている。それらの多くは戦場に関連する語である。例えば「死の武器」、「瀕死の戦士たち」、「うち砕かれた口」、「流された血」等である。双方がおおむね巧く噛み合い全体を構成している。

更に注目すべきは、それまで影を潜めていた外光的形象が見られることである。直前の詩群、いわゆるチロル山岳風詩群はヴィジョンの詩と言われうるが、この詩は完全なるヴィジョンによって構成されてはいない。確かに中ほどはヴィジョン化されているが、冒頭の部分はそうではない。外的な事象が持ち込まれている。「秋の森」、「金色の平野」、「青い湖」、また先にあげた「死の武器」等、戦いに関連する語がその例である。森と青い湖が点在する平野はおりしも戦場になっていることが分かる。金色の平野とは夕日に輝く稔った麦の畑を示しているものと思われる。実際グローデク周辺は今でも幾つかの森や湖や耕地によって構成された景観の地である。そのような平和な、牧歌的な地が今まさに悲惨な戦場となっている。この常套的な表現（「青い湖」という表現はここでしか使われていない）

は逆に戦場の凄惨さを際立たせて効果的である。

瀕死の戦士たちを　荒々しい嘆きが
　彼らのうち砕かれた口から洩れる

戦争を生身に体験した者にしか表現しえないようなこの詩行。口を砕かれた兵士は、言葉にならない嘆きをもらすことしかできない。言葉を身上とする詩人にとってまさに身を切られるような光景であったろう。

何人かの論者が、この詩の象徴的中核としているのは第十詩行の「街道はすべて黒い死滅に通ずる」である。例えばフランツ・フューマンは「この文の最も恐ろしい語は〈すべて〉である。（中略）どの街道もいつかは死滅へと導くのである」としてこれを象徴的にとっている。更にハンス・H・ヒーベルはこれを次のように捨象して論理化してその象徴的意味合いを具体化している。「あらゆる営為は死と没落に導く」。しかしそうであれば「街道」より「道」が相応しいと思われる。前者にしたのは体験が影響を及ぼしていると考えられる。ロシア軍に敗北しての退却はおりからの秋の長雨のため全ての街道は泥濘と化し困難を極めた。この事実がこの表現の根拠をなしていると思われる。ヴァイクセルバウムの評伝には「秋雨と底無しのような街道が行軍を全く異常に艱難にしていた」とある。というのは「道」であれば象徴的（つまり「道」には「方法、手段あるいは人生行路」という含意がある）であるが、「街道」では暗示に留まるからである。

この詩は、反戦詩の最も頻繁に掲載された例の一つ（ヴァイクセルバウム）であるが、反戦詩と規定するには一つ問題を孕んでいる。それは前半においては戦場がほぼ事実に即して表現されており、更には倒れた兵士たちの凄惨なイメージが示されているが、しかし後半に至ると、これに反して前半の「戦士」もそうであるが「杜」、「英雄」、「頭（こうべ）」、「祭壇」等古風な語を多用し、荘重な古典的な構成をとっている点である。すなわち『イーリアス』以来の英雄詩の枠組み（パラダイム）をなしていることである。どうして現代戦で倒れた兵士を英雄に祭り上げたのか。例えばゲルハルト・カイザーは「戦士たちは英雄として死後の名声が定められている」とし、またブリッジウオーターは『『いましたち青銅の祭壇よ』は戦争の一般的な仄めかしであるのみならず、これはむしろ『祖国の祭壇に死ぬ』というフレーズへの言及である。このフレーズはたいていいつも前線での死をよく知らしめるものである」と指摘している（もちろん青銅の祭壇は旧約聖書の出エジプト記二十七章一―八節に基づき、ここに捧げられるのは戦いに倒れた兵士たちであり、人類の罪を償うために捧げられたと詩人は解釈しているように見える。しかし祭壇そのものが各々の兵士たちの霊と捉えられうる）。筆者が資料を渉猟した限りでは、前に挙げた古風な語の使用を指摘している論者は何人かいるのであるが、そこまでこのような面から論じた研究者は見当たらない。場合によっては戦死を称揚する詩ととられる危険性を孕んでいる。そこが問題である。全体的に見ると反戦詩であるが、第十二詩行以下に注目するとそうとられかねない。実際ナチスの時代にはこれが戦争昂揚詩として「誤用」された。詩人はこの詩にそれほど抵抗なく古典的悲劇的構成を与えたのではないかと思われる。というよりこの詩を一つの「遺言」として詩人をしてこのような荘重な構成を自然にとらしめたと言えるかもしれない。

最終二行は今までの詩には見られない表現である。

今日烈しい苦しみが育んでいる　精神の熱い炎を
まだ生まれざる孫たちを

つまりこうした伝言的な内容の表現は希有である。詩人の遺言的な口調が窺える。そして最後に、この詩のキーワードである「まだ生まれざる孫たちを」で結ばれる。この「まだ生まれざる」はすでに「カスパル・ハウザーの歌」において使用され、カスパル・ハウザーに冠せられている。論理的脈略を辿ると、この「まだ生まれざる孫たち」は「戦いによって倒れた戦士たちの孫たち」ととれる。しかしどうして「子たち」ではなく「孫たち」なのであろうか。戦士たちを祖国の息子たちととればその子たちは孫たち（「孫たち」の原語Enkelには「子孫たち」という意味もあるがこれでも差し支えないであろう）、というとり方も可能である。そしてこの解釈であれば論理的に納得がいく。トラークル自身がこの意味で「孫たち」と表現したのであろうか。そうであるかもしれないが、ただしこの解釈では平板になる。文字通り倒れた戦士たちの「孫たち」のほうが示唆するものは深い。文学作品においては、作者が意図していた意味とは別な意味にとられる場合が往々にしてある。文学作品は創作し終えた時点で独り歩きをする性質をそれ自体有している。そこが文学の面白いことであるが、それはともかくやはりトラークルは「孫たち」とは戦士たちの孫たちを意図して表現したものと思われる。

烈しい苦しみが精神の熱い炎を、まだ生まれざる孫たちを育んでいる、と言う。なぜ「子たち」ではなく「孫たち」なのであろうか。一般に精神に限らず何事も継承は親から子へは容易であるが、親から孫への継承は難しい。しかし孫たちであるから単なる継承ではない。トラークルからすれば親たちは罪を負った頽落した世代に属する。しかしまだ生まれざる孫たちは、カスパル・ハウザーのように罪を負っていない。ちなみにハイデガーは「まだ生まれざる者たちが孫たちと言われる。なぜなら彼らが息子たちでありえない。つまり頽落した世代の直接の後裔でありえない故である」と解説しているが、その後晦渋な解釈に陥ってしまっている。つまり「息子たち」は、同じ頽落した精神を少なくとも継承しているゆえにネガティブな存在である。しかし「まだ生まれざる孫たち」はそうした精神を継承していないポジティブな存在と言える。

「烈しい苦しみ」がむなしく「精神の炎を」また「まだ生まれざる孫たちを」育んでいるという、あまりにもはかなくも悲痛な取り方も可能である。しかし力強い口調は、一抹の希望を託していることを裏付けている。パンドラの函が示すように最後に「希望」は残る。窮境にあっても希望だけは残る、というより窮境にあるからこそ希望が断ちがたいのである。カーロイ・チュウーリは「しかし『精神の熱い炎』がまだ消されていない。それによってここでもなお『孫たち』への、人類の未来への不滅の希望が、おぼろげな希望が残っている」と言う。苦痛が「まだ生まれざる孫たちを育んでいる」ということは、ふつうありえないことでむしろ言語矛盾と言えるが、この苦肉の表現に込められた深い内実はリアリティーがあり読む者を震撼してやまない。またこれは詩人には希有なヒューマニティーの表明でもある。

戦闘は火力等の装備に勝るロシア軍の勝利に終わった。敗戦は悲惨を極めた。集められた兵たちの死体は、リピンスキーによると「何層にも積まれ、未だ手が動き、呻いている者もいて蒼ざめた口が呻いていた」。トラークルの属する衛生隊はここで初めて投入された。詩人はたった一人で納屋の中に収容された九十人もの重傷兵を軍医等の助けなしに二日間看護をしなければならなかった。このことを後にフィッカーに次のようにもの語っている。

「何週間の後もなお、苦しんでいる者たちの呻き声と自分たちの苦痛に決着をつけてほしいという懇願の声が耳に残っています。彼らのうちの一人は苦痛にもはや耐えられないと頭を撃って自殺しました。知らぬ間に血塗れた脳の断片が壁にこびり付いていました。納屋の前に出ると木々にはスパイ容疑で吊るされたルテニア人たち。」

この時の詩人を見ていたある薬剤師の証言がある。

「トラークルが恐怖のあまりかっと目を見開いたまま納屋の板塀に寄りかかっているのを私は見ました。帽子が彼の手から滑り落ちていました。彼はそれに気づかず、慰めの言葉にも耳を貸さず喘いで言いました。『私に何ができる。どのように助けたらいいのか。耐えられない。』」

その後オーストリア軍の退却が始まった。前述したように長雨のために道路は泥濘と化し、負傷者を抱えてのそれは困難を極めた。その途中トラークルは精神的に耐えられず自殺しようとした。これを後に詩人について著書を著わしているフランツ・フューマンの父が述べている。

「夕食の際、仲間たちの間から、突然立ち上がり、不安に押し殺された声で、自分はもう生きていけない。赦してほしい。と言って外へ飛び出した。それを仲間たちが急いで追いかけ、力も意志も意識も失った彼の手からピストルをもぎ取った。」

実際彼は精神の異状をきたし、臆病のために軍事裁判にかけられるという妄想を抱くまでになっていた。十月八日トラークルは精神状態の観察のため古都クラカウ（現ポーランドのクラクフ）の陸軍第十五衛戍病院に移送される。十二日頃にフィッカーに宛てて次のような内容の手紙を送る。

「私は五日前から私の精神状態の観察のためにこの陸軍病院に入っています。私の身体はおそらく少し憔悴しているのかもしれません。そして頻繁に名状しがたい悲しい気分に陥ります。望むらくはこの意気消沈の日々が早く過ぎさらんことを。（中略）貴方のお便りをいただければ大変嬉しいのですが。」

これを受けてフィッカーはインスブルックを発ち、二十四日にクラカウに着く。そして二日間当地に留まりトラークルを訪ねる。トラークルの収容されていた病室は監房のように窓に格子戸が嵌まっていた。詩人はフィッカーに今までの体験を語った。自殺しようとしたことが敵を恐れているという証拠として軍事裁判に引き出され処刑されるのでは、という不安を語った。次の日トラークルは戦場でできた、いわゆる白鳥の歌である二つの詩『グローデク』と『嘆きII』を朗読した。

嘆き　II

眠りと死　陰鬱な鷲たちが
夜をこめてこの頭《こうべ》のめぐりをざわめきまわる
人間の金色の肖像《にすがた》が
永劫の氷の大波に呑み込まれるやもしれぬ
そら恐ろしい岩礁に
深紅の体は粉々になる
そして暗い声が嘆く
洋上を
嵐のような憂鬱な妹よ
見よ　心もとない小船が一つ沈んでゆくのを

星々と
夜の沈黙している貌の下を

この詩は「グローデク」と異なって戦場における直接的な形象は見られないが間接的に「眠り」と「死」は、戦闘の終わった夜の、生を保ちえた兵士たちの眠りと倒れた兵士たちの死を窺わせる。また「鷲」は相戦うオーストリア＝ハンガリー帝国とロシア帝国の紋章がいずれも鷲であることが暗示されている。しかし全体のイメージは、戦争という事象を背景として念頭に置けば、戦争においてこそ直接的に人類の危殆《きたい》に瀕した状況がより如実に表れるという印象を強めていることが明らかにされる。

荒れ狂う大海は直接的には戦場の比喩と見なされることができ、更には人類の置かれた危機的状況に敷衍化できるであろう。第三、第四詩行「人間の金色の肖像《にすがた》が／永劫の氷の大波に呑み込まれるやもしれぬ」の「金色」とは「理想的」と翻訳でき、したがってこの肖像とは「理想的人間像」（レーネルトはこれを『数百年にわたるヒューマニズムによって育まれた人類の希望』と見ている）であり、それが今まさに綻びようとしていると解釈できる。そしていつ沈没してもおかしくないこの大海に浮かぶ小舟、「心もとない小舟」は詩的自我の隠喩であり、最終詩行の「貌」は隠された神のそれである。トラークルにとっては神は沈黙しているだけである。詩的自我の絶望的な状況を示してこの詩は締めくくられる。

トラークルはこの二つの詩の朗読の後ドイツのバロック詩人ギュンターのレクラム版の詩集の中のある詩の一節を読み、そしてギュンターは二十七歳で死んだと言った。トラークルも同じ歳であった。その後彼にとって「最も美しくて重要な」詩『贖罪の思い』を読んだ。この詩の最後は「しばしば良い死は最良の履歴」と結ばれたものであった。この詩集の後書きに次にような記述がある。「もちろん彼らには華の時期が欠けている、そしてまた実りの時期も、しかしその替わりに彼らはまた生命力が滅び、衰え、涸れていくという呪いから免れ、守られている。彼らがなお成しえたであろう事を敏活なファンタジーが心をこめてありありと思い描く、しかし彼らの力がいつか萎えるかもしれないという想像は存在しない。彼らは決して老いないからだ」（文中の「彼ら」とはギュンターと同じように夭折したバロック詩人たちを指している）。フィッカーの知らなかったギュンターのこの詩集が彼の蔵書の中にあったことは、おそらくこれを詩人が彼にこの時贈ったのであろう。しかしこの後書きはこの時フィッカーは読んでいないはずである。トラークルがフィッカーにこの詩に拠って永遠の別れを仄めかしたことをフィッカーは気が付かなかった。というのはその時の詩人は機嫌がよかったからであった。その上フィッカーは当直の医師からトラークルに静養のための休暇を与え退院させるという約束をとりつけた。これで彼は一安心したのであろう。しかし別れの時、「トラークルは身じろぎもせず、一言も答えなかった。ただ私の顔を見つめるばかりであった。私をずっと見送った。（中略）決して私はこの眼差しを忘れることはないだろう」とフィッカーは後に記している。これが結局二人の永劫の別れとなった。

この時同じように従軍していたヴィットゲンシュタインが偶然にも近くにいた。フィッカーが二人にそれを知らせた。詩人はヴィットゲンシュタインに訪ねてくれるように葉書を出した。それは十月三十日に手許に着いたが、直ぐには訪ねなかった。

インスブルックに帰ったフィッカーは、トラークルの二通の手紙（十月二十七日付）を受けとった。

一通目の手紙には、

「貴方が病院を訪ねた後、私の悲しみは倍にもなりました。私はほとんどもうあの世にいる思いです。最後になお付け加えたいことは、私がもしもの場合、私が持っているお金やその他の財産一切合財を私の愛する妹グレーテの所有にしていただくのが私の願いであり意志なのです。」

と書かれ、これにフィッカーの前で朗読した二つの詩を少し手直しした「ブレンナー」掲載用の『嘆きII』と『グローデク』が同封してあった。この時点で死を覚悟していたことが窺われる。

またもう一通の手紙には、二つの詩『人間の悲しみ』（これは、元は『人間の悲惨』というタイトルであった）と『悪の夢』の最終稿が同封されていたが、前者の一詩節が「蝙蝠の叫び声が聞こえるように思われる／庭では棺が組み立てられている／骨がくずおれた壁越しにほのめく／そして黒々と狂人が揺らめきながらそこを通り過ぎてゆく」という内容に変えられている。また後者の第一詩行は、「銅鑼の茶金色の響きが消えてゆく」が「弔鐘の響きが消えてゆく」に書き換えられている。これは死が関心の的になっていることを証ししている。

その二日後、軍事郵便の葉書を受け取った。しかし日付がなく、現地ですでに詩人がフィッカーに見せたものであった。フィッカーが、不審に思いながら葉書を裏返すと「トラークル氏はクラカウ衛戍病院で急死（麻痺？）を遂げました。私は隣の部屋の者でした」という記述があった。そして十一月九日フィッカーは、トラークルの死を知らせるヴィットゲンシュタインの葉書（十一月六日付）を受け取った。

詩人はヴィットゲンシュタインのみならず同じ時期に妹グレーテやエルゼ・ラスカー＝シューラーにも訪ねてくれるよう手紙を出している。しかし彼女たちは彼の許を訪ねなかった。もしこうした人々（もちろんフィッカーを含めて）がトラークルの許に来て留まっていたらもしかしたら死ぬことはなかったのではないだろうか。したがって彼らへの訪問要請の手紙は、守って救ってほしいという意味が込められていたSOSと言えるだろう。

しかし退院し再び戦場に出て、戦死を遂げることも考えていたが、それはかなわなくなり、ひそかに所持していたコカインを多量に呑むことによって結局悲劇的結末を迎えることになってしまった。フィッカーは別れしなに心配になり、念のため麻薬を所持しているかどうかを聞いている。それに対してトラークルは次のように答えている。

「持っていませんよ、薬剤師としてもちろん、それはとんでもないことですよ、そうでなかったら私が未だ生きていますか……あたりまえですよ、ここでは誰もそんなことはしてはいけないんですから――したらですね、私は恥さらしですよ。」

しかしフィッカーとの別れから一週間後の十一月二日の夕方、彼の従卒マッチアス・ロートによると、極めて上機嫌で明後日に退院して休暇をとりインスブルックに帰れるだろうとロートに言った。そして六時半に、翌朝の七時半にブラックコーヒーをいれてほしいと言って寝床についた。その後コカインを大量に服用した。彼は翌日一日中意識なくベッドに横たわっていた。夕方にロートが覗き穴から見ると詩人の胸が「力なく上下する」のが認められた。その夜か翌日の朝早く亡くなった。十一月六日に詩人はクラカウのラコーヴィッツ墓地に何の儀式もとり行われず葬られた。僧や軍関係者の介添えもなく会葬者はロート一人だけであった。ヤノーホの『カフカとの対話』でカフカがトラークルの死に触れた一文をここに付け加える。

「彼は余りにもファンタジーを持ち過ぎた。そのため彼はとりわけファンタジーのおそるべき欠如から成り立っている戦争に耐えることができなかった。」

フィッカーは詩人の親しい人、クラウスやシューラー、またもちろん家族にもその死を知らせたが、妹グレーテには直接知らせなかった。これは夫ランゲンの希望によるものであった。すでにこの当時グレーテは、その前にフィッカーから兄が憂慮すべき状態にあることを知らされていて病気になっており、見るにしのびない状態であったのである。

後に兄の死を知ったグレーテは埋葬された遺体を早く発掘してザルツブルクへ移送することを望んだ。しかしトラークル家の当主である兄ヴィルヘルムとフィッカーは、戦争が終わってしばらく経たないと移送は無理であろうという意見であった。

トラークルの遺骸の移送は、没後十年以上を経てようやく果たされた。詩人の永眠の地は故郷のザルツブルクではなく、インスブルックであった。ここが選ばれた理由として詩人が「チロルの地は私にとって故郷以上であった」と記していたこと、また移送には費用がかかり、没落していたトラークル家はそれを捻出するのが困難であったことも考えられるが、それにはとりわけフィッカーがこの移送に尽力したことが与っていると思われる。

トラークルの母もインスブルックに埋葬することを容認した。

第二の葬儀は一九二五年十月七日インスブルック近郊のミューラウの小さい教会でとりおこなわれた。トラークル家からは詩人の兄弟たちと姉たちが参列した。重病のために来られなかった母はその十八日後に亡くなった。今は、一九六七年に亡くなったフィッカーの墓と並んでGeorg Traklという文字と弦の切れた竪琴を刻んだ、地に低く平たい星形の墓石がアルプスの空を見上げている。

最愛の妹グレーテはこの葬式に参列できなかった。すでにその八年前、また詩人の死の年から計算すると三年後にこの世の人ではなくなっていたからであった。詩人が亡くなって心の支えを失ったグレーテは、その後絶望的な生活を送った。働こうとしたがなかなか仕事が見つからなかった。当時は離婚した女性は特に仕事に就くことが難しかった。ブッシュベック等兄の友人、知人に借金を申し込んだがそれもかなわなかった。またアルコールと麻薬の依存症から脱却しようとしたが、それも無駄であった。ベルリンでホテル住まいを余儀なくされていた。かつてトラークルが当地に流産で重篤に陥っていた妹を見舞いに行った時親しくなったエルゼ・ラスカー＝シェーラーの前夫ヴァルデンらによって救い出されたが、一九一七年九月二十二から二十三日にかけての夜のパーティーで何回かタバコを取りに行った自分の部屋で一発の銃声がした。他の者たちが彼女の部屋に駆け付けると心臓の真ん中が打ち抜かれすでに事切れていた。第一次世界大戦のどさくさのためにその墓は不明である。

一九七三年詩人の生家にトラークル記念館が開設されたが、その記念パーティーに招かれた、詩人の兄弟姉妹の最後の生き残りであった姉ガイペルル夫人はその後しばらくして九十一歳で亡くなった。これをもってトラークル家は絶えてしまった。全ての兄弟姉妹に子がなかったからである。

終章　まとめ「トラークルワールド」

トラークルの詩の魅力は大いに感じられるのであるが理解しようとなると途方にくれるというのが大方の読者の感想ではないだろうか。リルケはトラークルの詩に感動しながらも、その世界は「踏み込めない鏡像の世界」であると言っている。彼はトラークルの詩集『夢の中のセバスティアン』を初めて読んでフィッカーに「心をうたれ、感嘆し、予感した」と告白したが、同時に「途方にくれた」とも付け加えた。本文の第一章で挙げたような幾つかの詩は平易であるが、かなりの数の詩は、特に『夢の中のセバスティアン』に収められた詩は確かに難解である。そしてリルケは「トラークルとは誰だったのか」という疑問を洩らしている。これは「トラークルはどういう経歴を辿った人なのだろうか」というような意味合いの疑問ではない。このような詩を書く人間は一体誰なのか、常人を超えた存在ではなかったかという疑問であろう。

ともかくリルケの感想は素直なものと言える。そしてこの素朴と言える感想はまた万人に共通のものと言える。トラークルの詩世界に参入できない、つまりそこへの回路を欠いているということである。もちろんリルケにも難解な詩があるが、トラークルのそれとは性格、あるいは次元を異にする。リルケの場合はそれが容易には理解し難いにしても論理によってアプローチが可能である。しかしトラークルの場合は論理一本ではアプローチし難い。

文学の表現手段は言葉であり、本来伝達機能を有している。トラークルのような詩の場合、伝達機能よりも色彩や響き等、感覚的側面が優先される。そのため論理が断片的になり、詩行と詩行とが繋がっていかないのは私たちが見てきたところである。事象が継起的に配列されていないのである。つまり「理解」を難しくしているのは、詩の展開においてイメージと音韻が優先的に主導するのでどうしても論理的脈絡が二の次になることに拠るためと言えるだろう。

もう一つトラークルの詩の難解さの拠ってきたる所以は、その特徴の一つである、詩の凝縮化にあると言えるだろう。詩はもともと散文的要素、特に説明的表現を排除する傾向を有し、これが詩の形式的純粋化を成さしめている——これによって詩の暗示性と象徴性が高められる。しかし説明的表現ができる限り排除されるため難解性が増す。トラークルの詩、特に最後期の詩、いわゆるチロル山岳風の詩は凝縮の極限を示している。したがってその難解性も極限に達している。

更にトラークルの詩を理解しがたくしているのは、詩人に詩論、また自らの詩についての論及が全くと言っていいほど欠けていることである。したがって詩人がいかなる詩の美学を抱懐していたのか、また自らの詩において自らの詩の方法がどの程度に実現しているかの表明が見られない。これはトラークルの詩を照らし出す一つの根拠を欠くことになる。しかしその詩の多くの稿体が残されているので、そこに詩人の推敲の跡が辿れる。多いものでは一つの詩に十以上の稿体があり、また一つの単語を見ても何回も他の語と交換されている例が見られる。例えばある名詞に係る形容詞が七回も交換される例さえある。詩人がいかに推敲していたかが分かる。この事情は、例えて言えば次から次へ楽想が泉のように湧いてきて、それをほとんど訂正もなく楽譜に記したモーツァルトではなく、推敲に推敲を重ねたベートーヴェンに近いであろう。この推敲の跡をたどることによって詩人の詩の方法の一端が見てとれる。詩人が目指したのは、やはり色彩を中心とした感覚的表現の重視であり、また音韻の主導であり、その他表現の具体化、対象化、個別化、異常化、非現実化、斬新化、非個人化、主観的感情の言辞の排除等である。

トラークルの詩は、イメージあるいはヴィジョンの具象的、抽象的図柄の織物と考えるように対応すれば「鑑賞」が可能なのではないか、これはランボー等他の現代詩人の詩にも当てはまる対応と言える。同じ文様が繰り返されるものではなく異なる文様が展開される織物に限られるが、それは、様々な色彩による、様々な模様が彩なして展開しているわけであるから、トラークルの詩もそうした形成物と見れば一つの理解が得られる。したがって解釈は研究者に一先ず任せて、論理よりも感覚に訴えかける言葉が担う色彩豊かなイメージあるいはヴィジョンや響きの交響曲としてそれらを感覚的に享受したらよいのではないか。また個々の類まれな豊穣で暗示性に富む卓抜な言語表現を虚心坦懐に味わってもよいであろう。

しかしトラークルの詩の場合は、このような普通の論理では掴めない詩にも一定の気分、情緒、情調、雰囲気（これらは憂鬱、衰え、滅びに触れる例が多いが）があり、これらによって全体が支配されていると言える。これらはまた当時の外的な事情ともコミットしシンクロナイズドしていると言える。それは家業の不振とそれに伴う実家の衰運、かつては大司教座都市として栄えたザルツブルクの旧市街の壮麗な建築物等の腐朽と場末の貧窮に感じ取られた滅びの兆候、またかつては世界帝国を誇ったハプスブルク家の支配したオーストリア＝ハンガリー二重帝国の分裂化傾向と没落、衰亡の兆し（実際詩人の死後四年にして帝国は瓦解、滅亡する）、更に大きくは近代文明の発祥・発展の地であるヨーロッパの衰退である。本文に挙げた詩『夕べの国（ヨーロッパ）』にこれがよく反映されている。

逆説的に言えば、トラークルの詩は滅びの美という一点においてかろうじて纏まりを得て、あえて言えば、世界を抒情化しおおせたと言うことができる。ヴィジョンの多様性や躍動性ではトラークルはランボーに劣ると言えるが、このような情調や気分はランボーの詩には欠けている。しかしこれがトラークルの詩――ある意味では古臭いものを引き摺っていると言えるが――の魅力をなしているということも事実である。

トラークル文学は、多分にデカダンス文学の傾向を有すると言えるだろう。しかし「デカダンス」は日本では「退廃、堕落」の意にとられているが本来は、「衰微」、「没落」の状態を言う。その意味で主要モチーフが後者であるトラークル文学は、本来の意味におけるデカダンス文学と言える。しかし、前述したようにその文学には退廃臭は全くと言ってよいほど感じられない。詩人は若年期にはフランスの「呪われた詩人」に倣って市民社会に反抗し恣意的にデカダンスな生活を送ったことは確かである。以後トラークルはアルコール依存症、麻薬の常用、性的倒錯としての娼婦との「交渉」、妹との近親相姦的関係（「相姦的」としたのは、それがどの程度であったか不明であるから）等、退廃的、堕落と言える生活に終始したが、もちろんそこにただ沈淪していたのではなく、むしろそれは詩人にとって運命的なものになり、苦悩と悔悟を与えるものであった。罪の意識に慄き「デカダンス」を克服しようとし、ひたすら救済を求めようとした。しかしそこからは脱却できなかった。その無間地獄にありながら、というより無間地獄に呻吟しているからこそ純粋なもの、清浄なもの、更には調和的なもの、原初的なもの、全一的なもの、節度あるもの、正しきもの、理想的なもの等への希求があった。そして彼にとって詩作は半ば贖罪行為であった。それが明らかに詩に窺われる。そういう態度、姿勢が詩に退廃臭が感じられない所以である。

　確かにトラークルの詩の過半は暗い絶望的な情調のうちに終わるが、中にはそうでない詩も見られる。例えば前に挙げた「詩篇Ⅰ」の最終詩行「ゴルゴダの岡の上で黙して神の金色の眼が開く」。ちなみに第一稿では逆に対照的な「全ては何とむなしいことか」と哀切な言辞で終わる。やはり前に挙げた「黙《もだ》した者たちに捧ぐ」の最終二行「しかし静かに血を流しながら暗い穴蔵でひときわ黙《もだ》した人々が／硬い金属から救いの頭《こうべ》を組み立てているのだ」と受苦しながら救済を真摯に心がけている人々を取り上げて希望が語られている。更に、これも前に挙げた詩であるが、「夕べの国の歌」では「しかし光を放ちながら恋人たちは白銀色の瞼を上げる／一　つ　の性　薫香が薔薇色の褥から流れ出る／そして甦った者たちの甘美な歌」。「一　つ　の性」はもちろん夢想でしかないが極めて明るい。そして最後の詩「グローデク」の最終詩行「今日烈しい苦しみが育んでいる　精神の熱い炎を／まだ生まれざる孫たちを」も一抹ではあるが、希望が含まれている。

詩に描かれた心象風景は、おおむね暗く絶望的であるのは確かであるが、だからと言って彼がニヒリストであると決めつけることはできない。むしろ逆でそれは彼が極め付きの理想家であることの証左である。というのは余りにも理想的な人間は、現世の出来事に絶望的になるからである。彼の詩にはたしかに理想の片鱗が微かに露頭している。

トラークルが理想とした世界は、ほの見える。それは単純、素朴な牧歌的なアルカディア的、あるいは原始キリスト教的な世界であった。このような過去を理想化し、憧憬する考え方の枠組み、したがって例えばヘルダーリンやハイデガー（歴史は存在忘却の歴史である）のそれにとらわれていた、と言えるだろう。この点に限界を見ることは容易である。しかしそれは古典ギリシャを理想化し熱狂的に憧憬したヘルダーリンのような憧憬の仕方ではない。トラークルの場合は、もうすでに憧憬する世界は現実にはないという苦い認識が底にあった。

しかし『カスパル・ハウザーの歌』に見られるような自然との共生を理想とする考え方も見え隠れしているし、トラークル没後百年を閲《けみ》して、その様相や規模は当時とは異にするが、グローバルな没落の予兆が見えるような今日、トラークルの詩もある意味で再び現実味を帯びてきたのではないかと思うのは筆者だけであろうか。

「トラークルワールド」というと軽すぎてトラークルには失礼と思われるが、しかしつとにヨーゼフ・ライトゲープがこの語「トラークル－ヴェルト（Trakl-Welt）を使用しているので容赦していただきたい――ただし英語由来のワールドとヴェルトでは語感が異なるが――トラークルワールドはこのようなプロセスを経た詩世界である。

「まえがき」で述べたようにトラークルの詩は、ヘルダーリンのそれのように、思想で押してゆくのではなくイメージや言葉の響きで押してゆく。しかし思想がないのではない。それが論理化されず、詩の中で断片的にきらりと光るのである。読者はそれらを救い上げ思想的に連関させて斟酌するのである。トラークルの詩は本質的にイメージや音韻を優先するのであるが、それどころか往々にしてそのあまり論理的脈絡が一貫性を得ていないところさえある。翻って言えば、その詩は纏まりある思想の展開を主たる目的としていない。トラークルは深い歴史的、社会的認識を有しながら、それを詩において直接示さない。暗示にとどめる、というよりその表現方法によって表現は必然的に暗示になる。しかしその暗示は含蓄に富み、多面的である。詩人という存在は本来思想を述べない。トラークルの詩の最も考慮されるべき特質は、真骨頂は、その暗示性にある。ある具体的なイメージも暗示性が絶えずつきまとっていて奥深い。そのイメージが何を暗示しているかは、にわかには判断がつきかねる。時には二義的、多義的で様々な取り方の可能性が生ずる。ともかくイメージと音韻によって勝負する。この意味でトラークルは真正の詩人と言えるだろう。

大作『ヘーリアン』に次のような詩行がある。

そこはかつて聖なる兄が歩んで行ったところ
みずからが弾く狂気のやさしい弦楽の調べに聴き入りながら

この「聖なる兄」はヘルダーリンを暗示している（彼は後半生狂気の闇に閉ざされた）。トラークルはヘルダーリンの弟という言われ方がなされる。確かに彼の詩にはヘルダーリンの詩の語句、表現、考え方の影響が明らかであるし、詩の純粋さから言っても親近性は疑い得ない。しかしその純粋性に相違がある。ヘルダーリンのそれは生得性の本来的な純粋性で、これを生涯維持し続けた。これに対してトラークルのそれは言わば身を落ち尽くした果てに得られた純粋性である。また前述したようにヘルダーリンの詩は思想で押してゆく詩であり、トラークルのそれはイメージ及び音韻主導の詩である。したがって以上述べたことからすれば、トラークルはヘルダーリンの直系の弟ではなく、傍系の弟ということができるであろう。

トラークルは文学史においては、表現主義、それも初期表現主義の詩人として括られている。初期表現主義の代表者はトラークルの他ゲオルク・ハイムとエルンスト・シュタードラーとされている。表現主義とはドイツを中心に一九一〇年頃から二〇年頃に起こった芸術運動であり、その傾向は多岐にわたり、その定義は難しいのであるが、その基本的特徴を簡単に言えば、印象主義が外的現象が与える印象（インプレッション）の描出を事とするのに対し、表現主義は逆に個的な感情や思念を表出（エクスプレッション）することを事とする。表現主義は形式的には並列様式をとる。確かにトラークルの詩には、その傾向が見られる。前者は、とりわけ後期のチロル山岳風と呼ばれる詩において、後者は、特に中期の諸詩において。しかしそれは一部に過ぎない。トラークルの詩は、表現主義の概念では括りきれない詩が大半を占めている。ロマン主義、印象主義、象徴主義、自然主義、ユーゲント様式、新ロマン主義の要素を含む詩が見られる。したがってトラークルを広い観点から見る必要がある。

トラークルは、大変な読書家で、彼の作品には様々な詩人の影響の痕跡が見て取れる。それが最も見てとれるのは、ヘルダーリンとランボーであるが、ニーチェ、ドストエフスキー、ノヴァーリスの他、ギュンター等バロックの詩人、ゲッチンゲン林苑同盟、マティソン、メーリケ、ゲーテ、ビュヒナー、レーナウ、アイヒェンドルフ、ハイネ、ヴァッサーマン、C・F・マイヤー、ゲオルゲ、ホーフマンスタール、リルケ、デーメル、リーリエンクローン、またヴィヨン、ボードレール、ヴェルレーヌ、メーテルランク等多岐にわたっている。そしてトラークルは驚くほど様々な詩形を試みているし、また様々な内容の詩を創作している。作品の量は多くはないが短期間（詩の実質的な創作期間は約十年に過ぎない）における詩の発展は著しいものがある。

「まえがき」において示したように現代の多くの詩人が、例えばオコペンコの「私はトラークルはドイツ語文学の最大の詩人の一人だと思う」のようにトラークルについて最大限の賛辞を送っているが、具体的にこの点がそうだから、と述べている詩人は皆無と言っていいほどいない。また研究者もその詩の優れた表現を取り上げて論じてはいるが、他の詩人の詩と比較して、こうであるから優れているというような観点から具体的に論じていない。そういう論点からトラークルを論じる時点に来ている。つまりトラークルの具体的評価である。ドイツ語文学における、更には世界文学におけるトラークル文学の評価、位置づけである。

トラークルの評伝については、主に次の二著に依った。

・Otto Basil：『Georg Trakl mit Selbstzeugnissen und Bilddokumenten』Rowohlt 1965
・Hans Weichselbaum：『Georg Trakl Eine Biographie mit Bildern, Texten und Dokumenten』Otto Müller Verlag 1994

あとがき

筆者はトラークルの詩と同様ヘルダーリンのそれにも同等に近い魅力を感じ、若い一時期熱中して親しんだ。そして今でも時々読んでいる。その詩は『生の半ば』のように光と影によって構成された詩もあるが、おおよそは晴朗で、悲嘆が込められた詩も雄々しく前向きである。気が滅入った時ヘルダーリンの詩集を手にとるのである。すると心が清められ、高められ、鼓舞されるのである。しかし筆者にとってヘルダーリンは常に遠い憧憬の対象である。

これに対してトラークルの詩世界は、身近であって心情がより近い。その詩の多くは日本の詩歌のように抒情味に富み、表現がイメージ性豊かで具体的である。例えば花や鳥でなく、アスターでありクロウタドリである。また日本では紅葉は、桜と並んで好まれて詩歌に詠まれているが、ヨーロッパの詩では詠みこまれているのは、トラークルの詩くらいである。そういうところがすなおにうれしい。

筆者はトラークルの詩の魅力に憑かれ、数十年にわたってその詩と詩人に付き合ってきたが、この書を書きながら不安にとらわれていたことを告白せざるをえない。正直言って、もちろんまだトラークルの詩を全幅的に理解しているわけではない。その魔力的な詩の魅力のよってきたるところを十全に把握しているわけではない。詩と詩人につきまとう謎が晴れたわけではない。したがって事実を述べただけで判断を読者にゆだねた部分も少なからずある。そこのところは斟酌していただきたい。

また筆者はほぼ三十年前に「トラークル協会」を設立し、会員の皆様のご協力の下に年一度研究誌「トラークル研究」を発行し、年二回研究発表会を開催し、トラークル文学の日本における普及を図ってきたのであるが、会の、というより筆者の力量また努力不足であろうが、依然としてあまり普及しておらず、これに鑑みてこの小著を著わそうと考えた次第である。

前書きで強調したように小著は、あくまでもトラークル入門書あるいは啓蒙書である。筆者はなるべく平易に一般の興味を引くような叙述をしたつもりである。しかし一部難解な部分、あるいは研究論文のような生硬な件があったのではないかと危惧している。そう感じられるところがあれば、筆者のいたらぬところである。

学術書の叙述の基本的な姿勢は客観的であるべきであるが、このような入門書や啓蒙書は著者の好みが反映されてもよいのではないか、むしろそれによって読者の興味が喚起されるのではないか。例えば手塚富雄の『ドイツ文学案内』（岩波文庫）の著者の姿勢にはそれが窺われる。もちろんそれが余りにも偏ってはいけないが、この書には詩の選択や叙述の仕方において著者自身の好みを押し出した部分がある。ただし贔屓の引き倒しにならぬようこころがけた。

詩の翻訳は難しく、人によっては不可能であるとする向きもあるくらいである。イメージの日本語への移し替えはそれほど難しくはないのであるが、言葉の響きのそれは至難の技であり、不可能に近い。せいぜい詩の内在律を感じ取って、対応するしかない。したがって本文中の訳詩の出来には内心忸怩たるものがある。できれば原文で味わっていただきたいものである。特に時に音韻が主導的役割を果たしているトラークルの詩の場合はなおさらである。

この小著がトラークルの詩の魅力を十分に伝え得なかったとすれば、それはひとえに著者の力量不足に帰せねばならないのであるが、これがトラークルの詩に親しむきっかけとなれば、それは筆者の率直な喜びとなる。またこれを読み、何らかの示唆が与えられ、これをきっかけとしトラークル研究を志そうとする方がいれば筆者の望外の喜びである。

最後にトラークルの詩を更に読んでみたいと思う読者のために次のような文献を挙げる。

翻　訳

・全集

①『トラークル全集』中村朝子訳　青土社　一九八七

・詩集

②『トラークル詩集』平井俊夫訳（筑摩叢書１００）筑摩書房　一九六七

③『トラークル詩集』吉村博次訳（世界の詩51）弥生書房　一九六八

④『トラークル詩集―原初への旅立ち』畑健彦訳（ピポー叢書83）国文社　一九六八

⑤『トラークル全詩集』中村朝子訳　青土社　一九八三

⑥『トラークル詩集』瀧田夏樹訳　小沢書店　一九九四

・対訳詩集

⑦『対訳トラークル詩集』ホルムート・ノルベルト　栗崎了　瀧田夏樹編訳　同学社　一九六七

原　書

・文庫版

⑧『Georg Trakl Werke - Entwürfe - Briefe』Reclam 1984

⑨『Georg Trakl Fünfzig Gedichte』Reclam 2001

・ペーパーバック版

⑩『Georg Trakl : Das dichterisches Werk』dtv. Text-bibliothek 1972

・全集

⑪『Georg Trakl : Dichtungen und Briefe』2Bände Otto Müller Verlag 1969

⑫『Georg Trakl : Sämtliche Werke und Briefwechsel』8Bände Roter Stern 1995-2014

略年譜　トラークル

一八八七年（〇歳）

二月三日

ゲオルク・トラークル（Georg.Trakl）金物商トビーアス・トラークルとその妻マリーアの間に第四子としてオーストリア＝ハンガリー帝国のザルツブルクのヴァーク広場二番地に生まれる。

一八九一年（四歳）

八月

詩人の最愛の妹マルガレーテ（愛称グレーテあるいはグレートル）生まれる。

一八九二年（五歳）

秋

カトリック系の師範学校併設の小学校に入学。ここで親友エーァハルト・ブッシュベックと知り合う。

一八九三年（六歳）

一家はヴァーク広場三番地に移住しトビーアス金物商会を開業。

一八九七年（十歳）

秋

人文系の国立ギムナージウムに入学。

一九〇一年（十四歳）

秋

ギムナージウム第四学年を留年。

一九〇五年（十八歳）
九月　ギムナージウム第七学年を退学。
九月一八日　薬局「白天使」で薬剤師の実習を始める。
この頃劇作家であるグスタフ・シュトライヒャーと知り合う。
一九〇六年（十九歳）
三月三一日　ザルツブルク市劇場で一幕劇『死者の日』が上演される。
五月一二日　散文『夢の国　あるエピソード』が発表される。
九月一五日　ザルツブルク市劇場で『蜃気楼』が上演される。
一二月二〇日　散文作品『弧寂』がザルツブルク新聞に掲載される。
一九〇八年（二十一歳）
四月二六日　詩（『朝の歌』）が初めて公表される（ザルツブルク民報）。
九月二〇日　薬局での実習期間を終了。
一〇月五日　ウィーン大学に薬学研究のため学籍登録。
一九〇九年（二十二歳）
七月一七日　予備試験証明書を取得。
初秋以前　最初の詩集『一九〇九年集』を纏める。

一〇月一七日　ヘルマン・バールの勧めで三つの詩が新聞「新ウィーンジャーナル」に掲載される。
一九一〇年（二十三歳）
六月一八日　父トビーアス死。
七月　薬学修士号取得。
一〇月一日　一年志願兵として兵役（ウィーンの帝国第二衛生局）に就く。
一九一一年（二十四歳）
九月三〇日　一年兵役終了。
一〇月一〇日　ウィーンの公共労働省に試補の職を志願。
一〇月一五日　薬局「白天使」の調剤室で働き始める（一二月二〇日まで）。
一二月一日　予備役の後備軍薬剤官試補に任命される。
一二月二〇日　現役への申請。
一九一二年（二十五歳）
四月一日　インスブルックでの試用勤務。
五月一日　詩『フェーンの吹く場末』が文芸誌『ブレンナー』に掲載される。その後直ぐ発行人ルートヴィッヒ・フォン・フィッカーと知り合う。
七月一七日　妹グレーテがベルリンでアルトゥール・ランゲンと結婚。
九月三〇日　試用勤務終了。現役勤務に編入される。
一二月初　纏めた詩の原稿をブッシュベックに送る（これがミュンヒェンのアルベルト・ランゲン社に提供される）。
一二月三一日　ウィーンの公共労働省の会計試補の職に就く。
一九一三年（二十六歳）
一月一日　公共労働省に退職願を提出しインスブルックへ帰る。
三月一〇日　ウィーンの陸軍省に会計検査官の職を求める。
三月一九日　アルベルト・ランゲン社がトラークルの詩の公刊を拒否。
四月一日　インスブルック近郊イグルス近くのホーエンブルクでルードルフ・フォン・フィッカーの客となる。
四月五日　クルト・ヴォルフ出版社の提案を受け入れる。
七月一五日　ウィーンの陸軍省の会計試補として無給の試用を受け入れる。
七月一九日頃　陸軍省に病気の届を出す。
七月後半　『詩集』が出版される。

八月一二日　陸軍省の会計試補を断念する。
八月二一日　公共労働省に臨時の試補を申請（一二月に拒否される）。
八月後半　カール・クラウス、アードルフ・ロース等とヴェネツィアに旅行。
九、一〇月　ルートヴィッヒ・フォン・フィッカーの客としてインスブルックに滞在。
一一月　ウィーンへの旅。
一一月三〇日　インスブルックに帰る。
一二月一〇日　ブレンナーアーベントで自らの詩を朗読。

一九一四年（二十七歳）
三月六日　第二詩集『夢の中のセバスティアン』の原稿をクルト・ヴォルフ社に送付。
三月半ば　流産のため病床にある妹グレーテをベルリンに訪問。
四月初　インスブルックに帰る。
五月二〇日　ルートヴィッヒ・フォン・フィッカーとイタリアのガルダ湖畔のカール・ダラゴ邸を訪問。
六月八日　オランダ王国の植民局に植民地勤務の薬剤師の職があるか否かを

七月　問い合わせる。後の哲学者ルートヴィッヒ・ヴィットゲンシュタインより二万クローネの支援金を受け取る。
八月五日　第一次世界大戦勃発後軍に志願する。
八月二四日　インスブルックを発ち出征。
九月初　軍薬剤官試補として所属する部隊がガリーツィエン（現ガリチア）に到着する。
九月八日　部隊がグローデク／ラヴァールスカの戦闘に投入される。
一〇月八日　精神状態の観察のためクラカウ（現クラクフ）の陸軍第十五衛戍病院に入院。
一〇月二四日　ルートヴィッヒ・フォン・フィッカーの訪問。
一一月三日　コカイン服用過多のため死亡。
一一月六日　クラカウに埋葬。
一九一五年　第二詩集『夢の中のセバスティアン』が出版される。
一九一七年　グレーテ自殺。
一九二五年　インスブルックに移葬。
一九七三年　ザルツブルクの生家にトラークル記念館開設。

著者プロフィール
三枝 紘一（さえぐさ　こういち）
慶應義塾大学大学院修士課程修了（独文学専攻）
元日本大学教授
トラークル協会代表幹事

青き憂愁の詩人　トラークル　人と作品

2024年５月15日　初版第１刷発行

著　者　三枝 紘一
発行者　瓜谷 綱延
発行所　株式会社文芸社
〒160-0022　東京都新宿区新宿1－10－1
電話　03-5369-3060（代表）
03-5369-2299（販売）

印刷所　株式会社晃陽社

ISBN978-4-286-25330-5

郵便はがき

料金受取人払郵便

新宿局承認

2524

差出有効期間
2025年3月
31日まで

（切手不要）

1 6 0-8 7 9 1

141

東京都新宿区新宿1－10－1

（株）文芸社

愛読者カード係 行

ふりがな お名前				明治　大正 昭和　平成	年生　歳
ふりがな ご住所	□□□-□□□□				性別 男・女
お電話 番　号	（書籍ご注文の際に必要です）	ご職業			
E-mail					
ご購読雑誌（複数可）		ご購読新聞			新聞

最近読んでおもしろかった本や今後、とりあげてほしいテーマをお教えください。

ご自分の研究成果や経験、お考え等を出版してみたいというお気持ちはありますか。

ある　　ない　　内容・テーマ（　　　　　　　　　　　　）

現在完成した作品をお持ちですか。

ある　　ない　　ジャンル・原稿量（　　　　　　　　　　　　）

書　名				
お買上書　店	都道府県	市区郡	書店名	書店
			ご購入日	年　月　日

本書をどこでお知りになりましたか?

1.書店店頭　2.知人にすすめられて　3.インターネット(サイト名　　　)

4.DMハガキ　5.広告、記事を見て(新聞、雑誌名　　　)

上の質問に関連して、ご購入の決め手となったのは?

1.タイトル　2.著者　3.内容　4.カバーデザイン　5.帯

その他ご自由にお書きください。

(　　　)

本書についてのご意見、ご感想をお聞かせください。

①内容について

②カバー、タイトル、帯について

弊社Webサイトからもご意見、ご感想をお寄せいただけます。

ご協力ありがとうございました。

※お寄せいただいたご意見、ご感想は新聞広告等で匿名にて使わせていただくことがあります。

※お客様の個人情報は、小社からの連絡のみに使用します。社外に提供することは一切ありません。

■書籍のご注文は、お近くの書店または、ブックサービス(0120-29-9625)、セブンネットショッピング(http://7net.omni7.jp/)にお申し込み下さい。